조남주

2011년 장편소설 《귀를 기울이면》으로 문학동네소설상을
받으며 소설을 발표하기 시작했다. 장편소설 《고마네치를
위하여》《82년생 김지영》《사하맨션》《귤의 맛》과 소설집
《그녀 이름은》《우리가 쓴 것》이 있다.

illustrationⓒ이내
design 형태와내용사이

서영동 이야기

서영동 이야기

조남주 연작소설

5‹101›6

한겨레출판

차례

봄날아빠(새싹멤버)

서영동 주민들은 참 순진하네요

봄날아빠 새싹멤버
2018. 5. 14. 00:13 조회 87   💬 댓글 7 URL 복사 ⋮

까놓고 말해봅시다.
제가 재작년에 서영동 동아1차와 은라동 대림2차 중 고민하다가
서영동 동아를 매수한 사람입니다.
당시 두 아파트 가격이 비슷했거든요.

지금요?
은라 대림은 1억 이상 올랐는데 서영 동아는 그대로입니다.

은라동만 올랐을까요?
서영동 빼고 서울 다 올랐습니다.

요즘 서울 아파트 시세가 어떤지 아십니까?
중개업소 가격 후려치기에 당해 헐값 매도하시는 분들,
정말 답답합니다.

열심히 일하고 알뜰하게 일군 여러분의 소중한 자산 아닙니까?
왜 우리의 가치를 스스로 깎아내립니까?

봄날아빠님의 게시글 더보기 >

♡ 좋아요 79   💬 댓글 7   📤 공유 | 신고

경고 쪽지를 받았습니다

봄날아빠 새싹멤버

2018. 5. 14. 21:48 조회 125   💬 댓글 13 URL 복사:

제가 어젯밤에 올린 글이
회원 간 분열을 조장했다는 경고 쪽지를 받았습니다.
한 번만 더 관련 게시물을 올리면
등급이 강등되어 글을 작성할 수 없다는군요.
누구의 판단입니까?
카페 운영진의 의견이 회원 전체의 의견입니까?

저는 현재
'서영동 부동산 중개업소의 진실'
'서영동 학군 강남 못지않다'
'동아1차 방향으로 서영역 3번 출구가 생긴다면'
이렇게 세 편의 글을 작성해놓은 상태입니다.

회원 여러분이 허락하신다면 차례로 게시하겠습니다.
반대로 제 글이 불편하시다면
더 이상 글 올리지 않고 탈퇴하겠습니다.
댓글 달아주십시오.

봄날아빠님의 게시글 더보기 >

♡ 좋아요 53   💬 댓글 13   📤 공유 | 신고

[게시예고] 월요일부터 일주일에 한 편씩 올라갑니다

 봄날아빠 새싹멤버
2018. 5. 17. 23:21 조회 257   💬 댓글 15 URL 복사

14일 밤 10시부터 오늘 밤 10시까지
300개가 넘는 댓글이 달렸습니다.

글 올려달라고 분명하게 게시 요구한 댓글이 124개,
필요한 논의라는 댓글이 14개,
카페 게시글 주제를 제한하지 말라는 댓글이 8개,
글 올리지 마라, 탈퇴해라, 불편하다는 댓글이 62개입니다.
그 외는 댓글 논쟁과 같은 회원의 중복 의견입니다.

회원님들 의견대로 저는
다음 주 월요일부터 매주 한 편씩 글을 올릴 예정입니다.
운영진께서 저를 강등시켜도 강퇴시켜도 할 말은 없습니다.
다만 카페 회원들의 의견이 어떠한가는
한번 생각해보셨으면 좋겠습니다.

 봄날아빠님의 게시글 더보기 >

♡ 좋아요 48   💬 댓글 15   📤 공유 | 신고

1. 서영동 부동산 중개업소의 진실

　주방 창틀에 걸쳐놓은 휴대폰에는 '만 개의 레시피' 앱이 열려 있다. 세훈은 앱이 알려주는 대로 고추장, 고춧가루, 매실액, 간장, 맛술, 다진 마늘, 물엿, 후추를 섞은 양념장으로 제육볶음을 만들었다. 유정이 킁킁 냄새를 맡으며 주방 쪽으로 다가왔다.

　"아, 냄새 너무 좋다! 내가 상추랑 깻잎 씻고 반찬 꺼낼게. 고기 마저 볶아."

　유정이 통 안의 반찬들을 접시에 옮겨 담으며 물었다.

　"근데, 자기 서사사에 올라온 글 봤어?"

　"서영동 부동산 중개업소의 진실?"

　"응! 자기도 봤구나!"

　"오늘 형님들도 다 그 얘기밖에 안 하더라."

　'서사사'는 '서영동 사는 사람들'의 줄임말로 네이버 서영동 지역 친목 카페의 이름이다. 결혼 6년 차 부부인 세훈과 유정은 둘 다 서사사 열심회원이다. 동네 맛집, 병원, 제휴 할인 정보를 얻는 것은 물론이고 서사사를 통해 세훈은 조기 축구회에 들어갔고 유정은 영어회화 모임을 만들었다. 세훈은 격주 토요일 아침마다 축구를 하고 형님들과

술을 거하게 마신 후 집에 와서 내내 낮잠을 자다가 일어나 빨래와 화장실 청소를 하고 유정이 원하는 메뉴로 저녁을 준비한다.

세훈은 원래의 레시피에 청양고추를 하나 더 썰어 넣었고 유정은 연신 찬물을 들이켜면서도 젓가락질을 멈추지 못했다. 뿌듯한 얼굴로 유정을 보다가 세훈이 문득 생각났다는 듯 물었다.

"자기 용근 씨 기억나?"

"용근 씨?"

"우리 팀 공격수. 지난번 안양 대회에서 오른쪽 날개 맡았었는데."

"기억 안 나지. 나는 자기만 보이거든."

말해놓고 유정은 얼굴이 새빨개지도록 웃었다. 세훈도 컥컥 숨이 넘어가게 웃었다.

"하여튼 있어. 용근 씨라고 동아1차 사는데 자기랑 동갑이고 재작년에 이사 왔어. 작년에 딸 낳았고."

"근데?"

"그 딸 이름이 새봄이라나 봐."

싱글싱글 웃느라 초승달처럼 납작해졌던 유정의 눈이 동그래졌다. 부부는 같은 생각을 하고 있었다. 동아1차 거주. 재작년 이사. 새봄이 아빠.

　용근은 요즘 장모님 댁 근처의 아파트를 알아보고 있
다. 아내의 복직은 다가오는데 어린이집 대기번호는 줄어
들지 않고, 장모님이 아이를 봐줄 수는 있지만 매일 서영동
으로 오갈 자신은 없으시단다. 주중에는 아이를 처가에 맡
기고 주말에만 데려올까도 생각했는데 도저히 딸을 떼어놓
을 자신이 없다.

　이사를 결심한 것은 올해 초였다. 처가 근처로 집을 알
아보다가 몇 년 사이 서울 아파트들이 억 소리 나게 올랐다
는 사실과 그동안 자신의 집은 겨우 현상 유지 중이라는 사
실을 알게 되었다. 게다가 중개업소에서는 하나같이 지금
이 꼭지다, 너무 비싸면 안 팔린다며 시세보다 높은 가격으
로는 매물 등록도 해주지 않으려 했다. 용근은 서영동 중개
업소들이 담합했다는 생각이 들었다.

　용근은 조기 축구회 회원들에게 네이버 부동산 허위 매
물 신고를 독려했다. 한 명당 3개의 아이디를 만들 수 있고
아이디당 한 달에 5개씩 허위 매물 신고를 할 수 있으니 한
달에 최대 15개까지 신고할 수 있다는 것이다. 거래가 완료
되거나 매도자가 이미 거두어들인 매물을 계속 노출하는

경우가 많다며 이런 가짜 매물들 때문에 제대로 시세가 형성되지 않는 것이라고, 중개업소의 고의성이 다분하다고 열을 냈다.

운이 좋게도 서울에서 번듯한 아파트를 가지고 결혼 생활을 시작했다. 둘이 모아놓은 1억에 양가에서 1억씩 보태주셨고 나머지는 대출을 받았다. 용근은 자신이 얼마나 유리한 상황인지 잘 알면서도 지금 아파트를 팔아서는 다른 동네에 비슷한 면적의 아파트를 구할 수 없게 되었다는 사실에 분통이 터졌다. 입버릇처럼 서영동은 저평가되어 있다고 말했다. 너무 흥분해 말하다가 축구회 형님 한 명과 싸우기도 했다.

"지하철역 가깝죠, 강남, 종로, 마포, 김포공항, 인천공항, 어디로도 도로 잘 연결되죠, 도보로 이용 가능한 백화점이 두 군데, 대형마트가 두 군데나 되죠. 이런 동네가 서울에 또 있습니까? 그런데 34평이 겨우 6억 찍었어요. 42평이 8억도 안 되고요. 요즘 서울에 10억 안 되는 아파트 없어요. 대체 서영동이 용산보다 못한 게 뭡니까? 마포보다 못한 게 뭡니까?"

"야, 이 새끼야, 그래서 하고 싶은 말이 뭐야? 집값이 더 올라야 된다, 이거야? 너 집 있다고 유세 떠냐?"

"막말로 형님도 언제까지 전세살이하실 건 아니잖아요. 멀리 보면 서영동이 제대로 평가받는 게 결국 우리 모두에게 이익이라고요."

세훈이 움찔하며 슬그머니 용근의 팔뚝을 잡았다.

"왜? 내 말이 틀렸어? 형도 자가지?"

대답할 수 없었다. 세훈은 서영동에서 가장 비싼 노블엔 34평을 소유하고 있다. 노블엔은 백화점, 지하철역과 연결되는 초고층 주상복합아파트인데 분양 당시 부동산 불황에 분양가마저 높아 대거 미분양이 났다. 세훈은 그때 부모님의 강권으로 할인 물량을 하나 잡았다. 물론 부모님이 계약금부터 중도금, 잔금까지 모두 치러주셨다. 빌려준다고 말씀은 하셨지만 세훈도 갚을 마음이 없고 부모님도 받을 기대가 없다.

세훈은 주상복합이라 실평수가 작다, 관리비가 많이 나온다, 재건축을 기대할 수 없어 노후화를 지켜만 봐야 한다고 혼자 투덜거릴 뿐 아무에게도 말하지 않는다. 그 정도 눈치는 있다.

"형, 노블엔 올랐어, 안 올랐어? 그대로지? 노블엔이 서영동 대장 아파튼데 쭉쭉 치고 나가야 동아랑 현대랑 우성이 다 따라가지."

그걸 왜 나한테 따져? 나도 쭉쭉 치고 나갔으면 좋겠다, 라고 속으로만 생각했다. 축구회 형님은 부모 잘 만난 놈들끼리 잘해보라면서 운동장에 침을 한 번 탁 뱉고는 먼저 성큼성큼 걸어가버렸다.

"용근 씨가 그러는데 서영동 공인중개사회에서 그렇게 집값 후려치기를 한다네. 혹시 집 내놓게 되면 거기 소속된 떡방은 가지 말래."

"근데 떡방이 뭐야? 봄날아빠 글에도 떡방 뭐라고 쓰여 있던데."

"복, 떡방."

"아. 그런 말들을 입 밖으로 꺼내는구나. 뭐랄까, 너무 투명하다. 차라리 위선적이기라도 하면 좋겠네. 내가 이런 말 할 처지는 아니지만."

대꾸 없이 씁쓸하게 웃던 세훈이 냉장고에서 맥주를 두 캔 꺼내 왔다. 유정도 마침 술이 당기던 참이라 반갑게 받았다. 밥은 절반 넘게 남았고 둘은 제육볶음을 안주 삼아 밥 대신 맥주를 마시기 시작했다.

유정은 사실 아파트 얘기가 싫다. 이 비싼 집을 세훈이 혼자 마련했다는 사실이 부담스럽다. 회사 동료들도, 오랜

친구들도, 유정의 부모님마저, 좋겠다, 부럽다, 세훈에게 잘
해라, 했다.

　지금 세훈은 거의 1년째 구직 중이다. 외삼촌의 이탈리
안 레스토랑에서 총괄 매니저를 했었는데 레스토랑은 몇
년 사이 매출이 계속 떨어지다 지난해 결국 폐업했다. 세훈
은 개업 준비를 하다가 프랜차이즈 상담도 받다가 아예 상
관없는 회사에 이력서를 넣기도 했는데 어느 것도 쉽지 않
았다. 지금 생활비는 유정의 수입으로 충당한다. 그런데도
왜 자꾸 움츠러드는지 모르겠다. 이깟 아파트가 뭐라고.

　한편 세훈은 유정이 삼성에 다닌다는 사실이 자랑스럽
기도 하고 자존심 상하기도 한다. 유정이 대기업 별것 없다
고 똑같은 월급쟁이일 뿐이라고 대수롭지 않게 말할 때면
특히 그렇다. 자신이 이렇게 번듯한 아파트를 해 오지 않았
다면 열등감 때문에 스스로 무너졌을 것이다.

　"용근 씨는 지금 그 대치동 부동산 통해서 집 내놨대."

　"봄날아빠가 추천했던?"

　"응. 네이버 부동산 보니까 진짜더라. 시세보다 1억이
나 높게 내놨어."

　서영동 부동산 중개업소들을 조목조목 비판하는 봄날
아빠의 글은 압구정동의 '반도부동산' 추천으로 마무리되

봄날아빠(새싹멤버)

었다. 부동산 거래 시 꼭 같은 지역에 있는 중개업소만 이용할 이유는 없다며 반도부동산은 압구정에 거주하는 매수자와 다른 지역의 매도자를 이어주는 역할을 주로 한다고 소개했다. 반도부동산 대표에 따르면 최근 고가 주택 보유자 사이에 서영동 아파트를 추가 매수하려는 움직임이 있단다. 봄날아빠는 그만큼 서영동이 투자가치가 있고 또 저평가되어 있다는 뜻이 아니겠냐고 설명했다.

봄날아빠의 글 마지막 문장은 다음과 같다.

'저는 성실하게 일군 제 자산을 정당하게 평가받기 위해 정보를 찾는 과정에서 '반도부동산'을 알게 되었을 뿐 '반도부동산'과는 아무런 이해관계가 없음을 밝힙니다.'

"진짤까?"

"그럴 리가."

유정과 세훈은 남 일인 듯 어깨를 움츠려 킥킥 웃고는 캥, 맥주캔을 부딪쳤다.

2. 서영동 학군 강남 못지않다

거의 1년 만의 모임이다. 단톡방에 '한번 얼굴 보자'는 글을 올린 것은 수민 엄마고, 적극적으로 시간과 장소를 정해 만남을 추진한 것은 승훈 엄마다. 아이들 공부는 계속 어려워지는데 어릴 때처럼 컨트롤되지는 않고, 입시 제도는 계속 바뀌는데 정보도 없다. 막막한 마음을 기댈 곳이라고는 그래도 키즈클럽 엄마들뿐이다.

서영동에는 영어유치원이 꽤 늦게 들어왔다. 물론 영어유치원이 생기기 전이라고 서영동 영유아들이 영어 공부를 게을리한 것은 아니다. 오랜 시간 셔틀버스를 타는 불편과 불안을 감수하고 인근 지역의 영어유치원을 다니거나, 일반 유치원보다는 비중 있게 영어 수업을 하는 놀이학교에 다니거나, 어린이집이나 유치원이 끝나면 어학원 킨더반에서 두어 시간 영어를 배우고 집에 왔다.

그러다가 본격 영어유치원이라 할 수 있는 키즈클럽이 문을 연 것이 딱 10년 전, 지금 열다섯 살인 아이들이 다섯 살 되던 해였다. 복잡한 상가 건물 2층이고, 실외 놀이 공간이 전혀 없고, 이제 막 시작하는 기관이라 교육의 질이 담보되지 않는다는 치명적인 단점에도 일반 유치원의 두 배가 넘는 원비를 감수하며 과감하게 키즈클럽을 선택한 엄마들이다.

다행히 키즈클럽은 급식부터 원아 돌봄, 수업 내용, 교구 상태 모두 훌륭했다. 졸업할 즈음이면 아이들은 대부분 한 페이지 정도의 영어 에세이는 수월하게 썼고, 중1 영어 교과서도 더듬더듬 읽을 수 있었으며 인사나 주문 같은 생활영어는 막힘없이 했다. 영어뿐 아니라 한글과 수학 실력도 좋았다.

그 자부심과 동질감으로 키즈클럽 1회 졸업생 엄마 모임은 아직도 이어지고 있다. 퍼플과 그린 두 반, 서른두 명이던 졸업생 대부분이 서영동을 떠나 이제 멤버가 채 열 명도 되지 않기는 하지만.

오랜만에 만난 엄마들은 그 시절의 추억에 젖었다. 그때만 해도 낯설었던 핼러윈 파티 얘기, 아이들 영어 이름 지어주던 얘기, 산타로 분장한 원어민 선생님이 집집마다 방문해주었던 얘기들을 흐뭇하고 아련하게 나누었다.

"서영동도 수준 많이 높아졌어. 요즘은 영어유치원이 꽤 많은 것 같아. 그치?"

"키즈클럽 말고도 성원빌딩에 하나, 백은빌딩에 하나 더 있잖아."

"단독 건물도 하나 생겼어요. 원더랜드였나?"

솔직한 수민 엄마가 씁쓸한 얼굴로 끼어들었다.

"근데 요즘 영어유치원은 일반 유치원 추첨 떨어지면 가는 데래요. 난 진짜 영어 때문에 보냈는데."

"영어유치원 보낼 비용 아꼈다가 나중에 어학연수 가는 게 낫다고들 하더라고요."

"난 키즈클럽 보냈던 거 후회 안 해. 지금도 수학이 걱정이지 한 번도 영어로 속 끓여본 적은 없으니까."

보라 엄마의 단호한 대답에 수민 엄마가 물었다.

"우리 수민이는 영어 다 까먹었다던데. 언니, 보라는 지금 영어 뭐 하는데요?"

"응? 그냥…… 별거 없지, 뭐. 동네 학원 다녀. 저기, 그, 이름이 갑자기 생각이 안 나네."

"동네에서 보라가 통 안 보이던데? 그래서 난 보라 학원 다 대치동으로 다니나 보다, 그랬지?"

"아유, 아니야. 그냥 서영동에서 다녀. 뭐하러 애 피곤하게 대치까지 보내니?"

보라 엄마는 끝까지 학원 이름을 말하지 않고 얼버무렸다. 수민 엄마는 분명 대치로 보내고 있을 거라고 생각했고 승훈 엄마는 고액 과외를 시키나 보다 생각했다.

보라 엄마가 급히 화제를 돌렸다.

"다들 그 글 봤어? 그 봄날아빠라는 사람이 쓴?"

"서영동 학군 강남 못지않다?"

"맞아요. 요즘 서영중 예전 같지 않대요. 혁신학교 제외된 다음부터 분위기 좋아졌다더라고요. 애들 담배도 많이 안 피우고 연애도 전처럼 대놓고 하지 않고."

서영동은 교육환경이 좋지 않다. 특히 서영중학교는 분위기가 엉망이라고 소문이 자자하다. 선배들은 후배들을 때리고, 학생들은 교사보다 선배들을 더 무서워하고, 쉽게 사귀고 쉽게 헤어지고, 화장, 염색, 액세서리는 기본에 여름이면 팔뚝 가득 화려한 문신이 드러나는 아이들도 있다.

"그래도 강남 못지않다는 건 너무 오버 아니에요?"

승훈 엄마가 비웃듯 말하자 수민 엄마가 정색했다.

"승훈 엄마, 봄날아빠가 올린 자료 안 봤어? 서영동 성취도평가 괜찮아. 덮어두고 못하는 동네, 못하는 학교라고 깔아뭉개서 그렇지. 서영중 보내려고 일부러 이사 오는 집들도 많아. 몇 년 사이에 특목고도 잘 가고."

보라 엄마도 거들었다.

"학교는 몰라도 학원 인프라는 정말 괜찮아. 브라운어학원 서영동에서 시작해서 용산, 마포에 지점 생긴 거 봐. 예전에 지점도 없고 셔틀도 없을 때 마포 엄마들도 라이딩해서 브라운으로 열심히 날랐잖아. 명성수학 원장이 우성

1차에서 조그맣게 공부방으로 시작했던 것도 진짜야. 잘 가르친다 싶더니 결국 강남 진출하더라. 아이비리그가 서영동에 있다가 대치동 갔다가 애들 다 키우고 다시 성원빌딩으로 온 것도 맞고. 아이비리그 원장이 맨날 그러잖아, 서영동 애들 왜 이사 가는지 모르겠다고. 여기 학원들 충분히 수준 높다고."

"그러는 본인은 대치동에서 애들 키웠잖아요."

"걔네들은 워낙 특출났잖아. 어쩜 남매가 줄줄이 서울의대를 가?"

테이블 끝자리에 앉아 가만히 모든 얘기를 듣고만 있던 민우 엄마가 말했다.

"찬이 엄마가 맨날 하던 말이네요."

"그랬나? 난 봄날아빠 글 본 건데."

"그러고 보니 찬이 엄마 오늘 왜 안 나왔죠?"

"찬이 엄마 바쁘잖아. 백은빌딩 가고 나서."

찬이 엄마는 찬이 낳기 전에 은행에 다녔다고 했다. 10년 전 첫 모임을 하던 날, 수민 엄마가 무슨 은행이냐, 지점이었냐 본점이었냐, 창구 업무였냐 사무실 업무였냐, 옆사람 듣기 민망할 정도로 꼬치꼬치 캐물었더랬다. 찬이 엄

마는 기업 상대 대출 업무를 담당했다고 큰돈을 만져버릇
해 그런가 집안 살림은 성에 안 차 잘 못한다며 빙긋 웃었
다. 외고를 나왔고 연대를 나왔단다. 엄마들이 놀라자 쓸쓸
하게 웃었다.

"외고 나온 애엄마, 스카이 나온 애엄마, 유학파 애엄
마, 삼성 다니던 애엄마 널리고 널렸더라고요. 옛날에 어디
서 뭘 했는지가 뭐가 중요해요? 지금 다 똑같은 애엄만데."

찬이 엄마는 찬이 교육에 아주 남달랐다. 쉴 틈 없이 학
원을 보내거나 방문교사를 부르거나 학습지를 풀게 하지
않았다. 오히려 키즈클럽 이외에 다른 사교육은 전혀 시키
지 않았다. 직접 가르쳤다.

평범한 이야기책부터 과학 동화, 수학 동화, 역사 동화,
경제 동화…… 분야별로 없는 책 없이 집을 채우고도 일주
일에 두 번씩 동네 도서관에 갔다. 찬이는 제 엄마와 함께
독서 기록장을 쓰고, 과학 실험을 하고, 박물관과 미술관을
다니고, 신문을 스크랩하고, 그림을 그리고, 수학 원리 보드
게임을 하고, 엄마가 직접 만든 연산 문제들을 풀었다.

체구가 작고 조용해서 눈에 띄지 않던 찬이는 학교에
입학하면서부터 도드라졌다. 수학, 영어는 물론 글쓰기, 미
술, 줄넘기까지 온갖 교내 대회를 휩쓸었고, 학교 밖의 수학

경시 대회와 과학 사고력 대회에서 줄줄이 입상했고, 피아노 콩쿠르와 수영 대회에서도 상을 받아 왔다. 교육청 영재원에 선발되었고 학급 임원을 도맡았다.

다들 찬이도 곧 떠나겠거니 했는데 의외로 계속 서영동에서 초등학교를 다녔다. 찬이 엄마는 찬이 3학년 때 기초 연산 과외 강사로 나섰고, 4학년 때 수학 학원을 정식으로 개원했고, 5학년 때 영어수학 학원으로 확장했다. 15평 오피스텔 한 칸으로 시작한 학원은 단지 내 상가를 거쳐 결국 백은빌딩으로 이전했다.

찬이 엄마는 서영동처럼 아이들 공부시키기 좋은 동네가 없다고 닳도록 말했다. 서영동 소재 학교들의 성취도평가표와 인근의 특목고, 자율고, 과학중점고의 정보와, 공공도서관 무료 프로그램 정보를 학원 입구 게시판에 항상 붙여놓았다. 상담 온 학부모들에게 다른 학원을 거리낌 없이 추천하는 것으로도 유명했다.

찬이네는 재작년 서영중학교와 가까운 동아1차로 이사했다. 찬이 엄마는 이번에도 말했다. 다른 동네를 왜 가? 서영동처럼 애 공부시키기 좋은 동네가 어딨다고?

"찬이는 대치동으로 갈 줄 알았는데. 서영중 갔을 때

진짜 놀랐잖아."

"대치동이요?"

"찬이 외가가 원래 대치동이잖아."

"아, 그래요?"

"찬이 외삼촌이 그쪽에서 부동산 중개업을 꽤 크게 한대. 청담이랬나 압구정이랬나. 암튼 동네 복덕방 수준이 아니라 기업형 부동산이라던데?"

"부동산?"

"어제 마트에서 찬이 외할머니 만났거든. 요즘 당신 아들이 이쪽 물건도 많이 성사시켰다고 집 내놓을 거면 얘기하래. 비싸게 팔아주신대."

재작년 동아1차 이사, 남동생이 부동산 중개업 종사, 서영동 사교육 시장에 대한 강한 믿음. 다들 천천히 고개만 주억거릴 뿐 누구도 먼저 말을 하지 못하고 있었다. 그때 민우 엄마가 물었다.

"그 봄날아빠라는 사람 말이에요, 남자일까요?"

"아빠라니까 남자겠거니 했지. 성별 표시 따로 안 되니까 모르지, 뭐."

보라 엄마가 고개를 숙이며 중얼거렸다.

"여자일 수도 있겠네."

3. 동아1차 방향으로
서영역 3번 출구가 생긴다면?

"과장님, 식사하러 안 가세요? 미영 씨는요?"

기전주임 강영식이 오랜만에 점심을 챙겼다. 전기 설비 점검과 보수공사, 노후 변압기 교체, 최종 안전 점검까지 정신없이 몇 달을 보냈다. 지난해 여름, 기록적인 불볕더위로 전력 사용량이 폭증하면서 변압기 하나가 멈췄다. 잠깐이지만 102동, 103동, 104동이 정전됐고 관리실로 항의 전화가 빗발쳤다.

영식은 한파가 가시자마자 공사를 서둘러 더위 전에 모든 작업을 마무리했다. 정산 자료까지 정리해 넘겼으니 정말 다 끝났다. 입주 20년 차에 접어드는, 곳곳이 삐걱거리고 덜걱거리고 위태로운 15개 동 1000여 세대 단지가 한 번의 정전 사태 이외에 큰 사고 없이 관리되고 있는 데에는 영식의 공이 크다. 영식은 매일 아침 출근길에 101동부터 115동까지 모든 출입문과 엘리베이터를 확인하고 경비실에 들러 안전 보고를 받고 전기실과 밸브실까지 살핀다.

미영은 김밥을 사 왔다고 대답했다. 경리 업무는 월말이 가장 바빠 미영은 요즘 매일 김밥이나 샌드위치를 먹으며 일한다. K-아파트에 지지난달 관리비도 입력해야 하고, 더 늦기 전에 외부 감사도 의뢰해야 해서 회계법인에 보낼 자료들을 정리하는 중이다. 평소에도 미영은 인터넷 서핑, 커피, 담배, 잡담 등을 전혀 하지 않는다. 근무시간 동안 부지런히 일을 마치고 정시에 퇴근해 관리사무소 건물 1층 어린이집에 다니는 아들을 데리고 귀가한다.

영식은 관리소장, 과장과 함께 11시 조금 넘어 사무실을 나섰다. 몰려나온 직장인들로 식당이 붐비기 전 맛집에 자리를 잡기 위해서였다. 영식은 새로 오픈한 석쇠 닭갈빗집으로 일행을 이끌었다.

술도 마시지 않는데 열기 때문에 금세 얼굴이 붉어졌다. 관리소장이 한껏 달아오른 얼굴로 고기를 우물거리며 말했다.

"과장님, 우리 단지도 입주자대표회의 선거 온라인으로 해볼까 봐."

"온라인이요? 워낙 관심들이 없긴 한데 그래도 늘 투표율 과반은 넘잖아요."

"지 혼자 넘었나요? 우리가 목청 터지게 방송하고 투표함 들고 가가호호 문 두드려서 겨우겨우 만드는 거지."

"그러고 보니 임기 얼마나 남았죠? 석 달인가? 진짜 이 달에 선관위 선출 공고부터 내야겠네."

선거는 영식과 전혀 상관없는 업무지만 순수하게 궁금해서 물었다.

"근데 투표를 온라인으로 하면 컴퓨터 없는 집은 어떻게 해요? 의외로 컴퓨터 없는 집 많아요."

"휴대폰은 다 있잖아요. 터치만 하면 연결되게 문자로 인터넷 주소를 보내줘요. 그거 눌러서 하라는 대로 따라만 하면 되는 거죠."

"그래도 어르신들은 잘 못하실 텐데."

"아이고 강 주임님, 요즘 어르신들 카톡으로 온갖 문서며 이미지며 동영상까지 척척 잘 보내세요. 하여간 그 카톡이 문제야, 카톡."

그래도 영식이 꺼림칙한 표정을 풀지 않자 소장이 덧붙였다.

"물론 종이 투표도 같이할 거고. 병행해야지, 병행."

관리과장이 갑자기 한숨을 길게 내쉬었다.

"또 출마하시겠죠?"

"안승복 대표? 당연하지."

소장은 입맛을 잃었다는 표정으로 쩝쩝거리며 젓가락

을 테이블에 내려놓았다. 안승복? 지금 입주자대표님이요? 하고 영식이 물었다.

"그 양반이, 좀, 엄청 쪼아요. 나를 못 믿는 건지 돈을 못 믿는 건지."

"맨날 업체를 바꾸네, 계약을 해지하네, 소송을 하네, 아주 골치가 아파요. 저번에는 관리초소 통폐합하고 경비원을 줄이겠다는 거예요. 그래서 소장님이랑 나랑, 요즘 그런 세상 아니다, 경비원 해고했다가는 주민들 항의하고 대자보 붙고 뉴스에 나온다, 엄청 설득했죠. 그래도 소용없더니 그러다 연임 못 하세요, 하니까 바로 접데."

소장은 주위를 한번 둘러보더니 목소리를 낮추며 조곤조곤 말했다.

"그래서 온라인 선거를 해보자는 거예요. 내가 서사사 카페에 슬쩍슬쩍 운을 띄우거든? 초등학교 통학로도 아직이고 알뜰장도 부실하고 현대 입주자대표는 일을 하는 거냐 안 하는 거냐, 그러면 댓글이 쭉 달리는데 불만이 아주 많더라고요. 그 카페 회원들이 아무래도 젊은 사람들이잖아요. 젊은 사람들이 투표를 많이 하게 만들어야 해요, 젊은 사람들이."

영식은 언젠가 관리사무소 한가운데서 직원들이 다 보

고 있는데 소장과 언쟁을 벌이던 안승복의 불그레한 얼굴
이 떠올랐다. 환갑이 조금 넘었다고 했다. 새카만 머리칼이
야 염색한 거겠지만 피부가 반질반질하고 주름도 별로 없
어 50대 초반이라고 해도 믿을 것 같았다. 그리고 며칠 후
영식은 그를 의외의 장소에서 마주쳤다.

　같은 단지에서 일한 적 있는 동아1차 기전과장에게 전
화가 왔다. 동아1차도 전기시설을 보수하려 한다며 현대 단
지 작업을 했던 기사님들에 대해 물었다. 영식은 연락처만
넘기고 말까 하다가 오랜만에 얼굴이나 보려고 조금 일찍
퇴근해 동아1차에 들렀다. 그런데 동아1차 관리사무소에
그 불그레한 얼굴이 있었다.
　영식은 훤칠한 이마 오른편에 핏대를 불뚝 세우고 열심
히 항의하고 있는 그를 피해 사무실 안쪽으로 들어갔다. 내
가 집집마다 다니면서 서명받겠다는데 그걸 왜 막느냐, 나
혼자 좋자고 하는 일이냐, 하는 목소리가 들렸다. 영식이 무
슨 일이냐고 묻자 과장이 콧잔등에 주름을 만들었다.
　"블랙컨슈머. 자주 와."
　"서명 뭐라고 하던데?"
　"서영역 있잖아. 웨딩홀 옆에 동아1차 방향으로 출구

를 하나 더 내자는 거야. 지역구 의원이 선거 때 냈던 공약인데 당선되고 입 씻었거든. 의원실이랑 구청에 찾아간다고 오늘 내내 서명을 받으러 다녔나 봐. 인상도 사기꾼 같은 아저씨가 집집마다 벨 누르고 문 열어라, 서명해라, 그러니까 경비실로 관리실로 전화 오고 난리 났지. 하지 마시라고 했더니 이제 여기 와서 저러네."

영식은 고개를 빠끔 내밀어 얼굴을 다시 한번 확인했다. 안승복이 확실했다.

"여기 사셔?"

"소유주이긴 한데 거주자는 아니고, 그 집에 딸이 산대. 재작년에 딸 결혼할 때 자기 명의로 사서 내줬다나 봐. 딸네는 무주택자로 지내다가 청약 넣게 한다고."

"계산기 엄청 두드렸나 보네."

"물류창고 자리에 도서관 유치하자는 현수막도 자비로 만든 사람이야. 그때도 단지 내에 현수막 걸리면 비용 지불해야 한댔더니 공공 목적으로 다는 건데 왜 돈을 받느냐고 하도 난리를 피워서 결국은 그냥 해드렸잖아. 312번지 재개발 지구에는 공원 만들어야 한다고 구청, 시청 열심히 쫓아다닌다데?"

도서관 유치 현수막은 현대아파트에도 붙어 있다. 입주

자대표회의에서 결정한 일이다. 동아1차 관리사무소에서는 저 블랙컨슈머가 현대아파트 입주자대표라는 것을 모르나? 하긴 현대 관리사무소도 입주자대표가 동아에서 이러고 다니는지 몰랐으니까. 동네 소문이라는 게 어떤 때는 너무 빠르고 시시콜콜하다 싶다가도 또 어떤 때는 너무 깜깜이다.

다음 날은 안승복이 현대아파트 관리사무소에서 얼굴을 붉히고 있었다. 기계실에 들렀다가 조금 늦게 사무실에 나온 영식이 눈짓으로 무슨 일인지 물었다. 과장은 복화술을 하듯 입을 거의 벌리지 않고 말했다.

"아니 동아1차 방향으로 지하철 출입구 내는 걸 왜 우리 경비들이 다니면서 서명을 받아야 해? 우리는 1번 출구가 이미 가깝게 있잖아요."

"나중에 정치하시려나 봐요."

과장은 고개를 절레절레 저었다.

"재산권 수호. 당신이 평생 성실하게 일군 자산의 가치를 지키기 위해서래요. 입주자대표도 그래서 하는 거고."

평생 성실하게 일군 자산 가치를 수호하자. 어디서 많이 들어본 주장이다. 어디였더라? 어디였더라? 아!

"과장님, 서사사에서 봄날아빠 글 보셨어요?"

과장도 아! 하는 표정을 지었다가 곧 피식 웃었다.

"하는 소리가 진짜 비슷하긴 하네. 서영역 3번 출구, 공공도서관, 공원……. 근데 아니에요. 봄날아빠는 재작년에 동아1차 샀다고 했잖아요."

영식은 전날 동아1차 관리사무소에서 보고 들었던 정보를 전할까 하다가 그냥 입을 다물었다. 안승복은 재작년 동아1차를 매수했다. 결혼하는 딸을 위해. 그리고 동아1차 방향의 지하철 출입구 및 서영동 소재의 공공도서관, 공원 건립을 위해 고군분투하고 있다. 자신의 자산 가치를 지키기 위해.

9.13 대책이 진짜 말하는 것

봄날아빠 새싹멤버

2018. 9. 14. 00:21 조회 542

💬 댓글 21 URL 복사 :

정확히 넉 달 만에 인사드립니다.
그동안 무탈하셨습니까?

여러모로 유례없이 뜨거운 여름이었습니다.
박원순 서울시장이 느닷없이
여의도·용산 통합개발 계획을 언급하더니
강북의 어느 옥탑방에서 한 달을 사셨죠.

거대한 파도가 마용성, 노도강을 휩쓸고 서영동까지 흘러왔습니다.
10억 언저리던 노블엔 34평형이 14억이 되었군요.
그래서 이 시세가 거품일까요?
아니면 이제야 제대로 평가받는 걸까요?

정답은 연달아 발표되는 정부의 부동산 정책을 보면 알 수 있습니다.
지난달에는 수도권 공공택지 개발과
규제지역 추가 지정 계획을 내놓더니
오늘은 종부세 강화, 임대 사업자 혜택 축소,
주택 보유자 대출 봉쇄까지 왔네요.

강력 규제가 잇따른다?
절대 안 잡힌다는 뜻입니다.

버블이다, 꺼질 거다, 반토막 된다,
아직도 그러고 계십니까?

잠시 얼어붙을지언정 떨어지지 않습니다.
서울은요,
특히 서영동은요.

 봄날아빠님의 게시글 더보기 >

♡ 좋아요 132   💬 댓글 21   🔗 공유 | 신고

용근은 여전히 서영동에 산다. 여름에는 아침, 점심, 저녁으로 사람들이 집을 보러 왔다. 일주일에 오천씩 호가를 올렸다. 한번은 거의 계약까지 갔는데 왠지 손해 보는 기분이 들어 계좌를 알려주지 않고 오천을 더 올렸다. 곧 시장이 잠잠해졌다. 명절을 앞둔 탓이라고 생각했지만 추석이 지나도 상황은 달라지지 않았다. 이제 아내의 복직은 한 달 앞으로 다가왔다. 동네에도 살림에도 익숙해져야 한다며 장모님이 일주일에 세 번씩 들르고 계신데 벌써 무릎이 상하셨단다.

아내는 욕심 그만 부리라지만 용근은 도저히 멈출 수가 없다. 8월 말의 실거래 정보를 보면 지금 내놓은 가격에도 거래가 될 것 같다. 분명 한 번도 가져보지 못한 것인데 내 것이었던 것 같고, 빼앗긴 것 같다. 용근은 박탈감에 잠을 이루지 못했다.

찬이 엄마는 백은빌딩으로 옮긴 것이 아무래도 무리였나 생각했다.

입시 전문 미술학원이 있던 자리였다. 집기며 원생들

까지 쭉 데리고 나가서 권리금은 따로 없었지만 보습학원
에 맞게 인테리어를 새로 하고 어학 기기들을 추가로 들이
느라 찬이 엄마는 집을 담보로 대출을 받았다. 게다가 단지
상가에 있을 때보다 월 임대료가 두 배에 가까웠다.

　원생들이 거의 그대로 따라와줬고, 당장은 원비를 10원
도 올릴 수 없었다. 수입은 변화가 없는데 대출 이자에 원
금에 임대료까지 지출만 늘었다. 얼마나 더 버틸 수 있을까.
찬이 엄마는 밤마다 이대로라면, 원생이 다섯 명 는다면, 열
명 는다면, 스무 명 는다면 수입이 얼마나 늘어나는지, 언제
쯤 플러스 마이너스 0, 그러니까 본전이 될지, 원비를 언제
얼마나 올리면 좋을지 계산기를 두드렸다. 이미 강사진은
최소한의 인원, 최저임금의 인력으로 꾸려져 있어 인건비
는 줄일 게 없었다. 방법은 원생이 획기적으로 늘어나는 것
뿐이다.

　찬이 엄마는 좀처럼 페인트 냄새가 빠지지 않는 원장실
에 앉아 학부모들에게 수시로 친구추천 이벤트, 형제자매
할인, 선결제 할인, 후기 이벤트 안내 문자메시지를 날렸다.
또 주말마다 원장 특강과 입학 설명회를 열었는데, 한번은
특강을 하다가 학생과 학부모들이 지켜보는 가운데 코피를
한 바가지 쏟았다. 하필 새하얀 블라우스를 입고 있었다.

현대아파트는 입주자대표회의 선거에 온라인 방식을 도입했다. 세 명의 후보가 출마했고 안승복은 3위로 낙선했다. 하지만 새 입주자대표는 청소업체 선정과 예산안 의결 과정에서 동대표들과 갈등하다 넉 달 만에 사임했다. 급히 치러진 보궐선거에 단독 출마한 안승복은 98.9%의 찬성률로 당선되었다.

　　그사이 서영역 3번 출구는 소식이 없고 물류창고 부지는 임대아파트 건설이 결정됐다. 안승복은 또 아파트냐고, 무슨 아파트만 이렇게 계속 짓느냐고, 게다가 하필 임대아파트냐고 분노했다. 전보다 열심히 시청, 구청, 의원실, 관리사무소를 찾아다니며 동아1차에서도 현대에서도 블랙컨슈머가 되었다.

경고맨

5‹101›6

"바쁘니?"

몇 번 전화를 받지 않았더니 엄마가 대뜸 물었다. 유정
은 아니라고 대답하며 복도 쪽으로 걸어 나왔다. 바쁜 것
보다 받고 싶지 않은 마음이 더 컸다. 이혼한 오빠가 조카
들을 데리고 집으로 들어온 후 엄마는 다시 시작된 육아로
몸과 마음이 모두 병들어가고 있었다. 그 하소연을 들어줄
사람이 자신뿐이라는 것을 잘 알았다. 하지만 유정도 하루
하루를 지루하고 피곤하게 살아내는 평범한 직장인일 뿐
이다.

"너희는 요즘 괜찮아?"

"뭐가?"

"그냥. 다들 어렵다고 하니까."

무슨 소리를 하고 싶은 걸까. 유정은 엄마가 본론부터

말해주었으면 좋겠다고 생각했다. 주말에 시간 있니? 여윳돈 좀 있니? 하고 먼저 사정을 확인해서 거절할 수 없게 만들어놓고서야 용건을 꺼냈다. 그럼 주말에 지율이 하율이 좀 봐주라, 오빠네 이백만 빌려주라, 같은 부탁. 엄마한테 쓸 시간과 돈이 있다는 거지 오빠한테 쓰겠다는 뜻은 아니라고 말할 수 없었다. 이미 유정은 시간과 돈이 있는 사람이고 거절한다면 엄마가 너무 마음 아플 테니까.

"뭐, 그냥저냥 해. 다 그렇지 뭐."

"바빠?"

"회사원들 다 바쁘지 뭐."

"그치. 김 서방은?"

"김 서방? 응, 뭐, 그대로야."

대충 얼버무리는 일이 많아졌다. 사실 나도 김 서방 때문에 죽겠어, 라고 털어놓고 잔뜩 흉을 보고 싶었다. 그러니까 다른 딸들은 그런 걸 엄마한테 한다는 거지? 유정은 친정, 친정엄마, 친정아버지, 같은 단어들에서 아무 감정을 느낄 수 없다.

이번에는 유정이 가족들의 안부를 물었다. 엄마는 다 잘 있다고 그냥 한번 걸어본 거라고 말했다. 얼른 전화를 끊고 싶어서, 그래, 그래, 알겠어요, 하고 통화를 마무리하려는데 엄마가 말했다. 아, 맞다. 유정이 가장 싫어하는 말이다. 아, 맞다. 한참 주변만 둘러 둘러 맴돌다가 꺼내놓는 진짜 용건.

"유정아, 너희 집이 서영역이랑 연결되는 그 아파트 맞지?"

또 왜. 무슨 소리를 하려고.

"아버지 그 근처에서 일하시게 됐어. 길 건너에 우성아파트. 오늘부터 근무했어."

"우성아파트에서 아버지가 무슨 일을 해?"

"거기 경비로 취직했어."

유정은 할 말을 잃었다. 아버지는 마흔 살쯤에 옮긴 두 번째 직장에서 정년까지 일하셨다. 회사 이름은 몰라도 제품 이름은 누구나 아는 식품회사의 공장장으로 은퇴하셨다. 아버지의 수입만으로 네 식구 넉넉하지는 않지만 부족하지도 않게 살았다. 퇴직금은 얼마 안 되지만 예금도 좀 있고 연금도 나와서 자식한테 손 안 벌리고 둘이 살 수 있다고 했었다. 그런데 왜 갑자기.

"입이 늘었잖아. 생활비가 두 배도 아니고 네 배야. 학원비며 병원비며 애들한테 들어가는 돈은 또 왜 그렇게 많니?"

"오빠는?"

"오빠가, 뭐 생각하고 있는 게 있나 봐."

"됐다 그래! 무슨 생각을 해? 지 새끼들 생각이나 하라고 해!"

유정은 버럭 소리를 지르고 전화를 끊어버렸다.

유정은 아파트 지하 2층 주차장을 통해 곧바로 지하철 승강장으로 나갈 수 있다. 노블엔 주민 전용 통로가 있어서 건물 밖으로 한 발짝도 나가지 않고 지하철을 탄다. 유정은 회사 앞에 도착해서야 비가 온다거나 바람이 거세다거나 미세먼지가 심하다는 것을 알게 되곤 했다.

줄곧 창 하나 없는 지하 통로를 걷는데도 유정은 출퇴근길이면 우성아파트에 신경이 쓰였다. 지금 계단 몇 개 올라가서 횡단보도를 건너기만 하면 아버지가 계신다는 거지. 죄를 짓는 기분이었다. 유정의 잘못은 아니다. 하지만 엄마와 아버지가 미성년인 자신을 보호하고 살았으니 이제 자신이 노년의 부모를 보호하고 살아야 하지 않을까. 마음이 무거웠다.

저녁도 못 먹고 야근을 한 어느 날, 유정은 퇴근하며 서영역 지하 통로를 통하지 않고 지상 출입구로 나왔다. 근처에 타코야키 트럭이 있는데 포장해 가서 맥주와 먹을 생각이었다. 개찰구를 빠져나와 역 앞 광장으로 이어지는 계단을 오르자 등에서 후끈 열이 났다. 해가 지고 있는데도 별로 시원하지 않았다. 곧 여름이 올 모양이었다.

유정은 타코야키를 일곱 알만 사려다가 열두 알 주문했다. 세훈은 이미 저녁을 먹었다고 했지만 유정이 맥주를 마시고 있으면 와서 같이 마실 게 분명했다. 유정은 고소하고 달콤한 냄새가 풍기는 타코야키 봉투를 받아 들고 세훈에게 톡을 보내기 위해 주머니에서 폰을 꺼냈다. 잠금화면을 풀고 카톡 창을 열자 마지막으로 확인했던 시댁 단톡방이 열렸다. 시부모님이 올린 여행 사진과 자식들의 호들갑이 유정의 눈앞에 또 펼쳐졌다. 유정은 문득 길 건너에 있을지도 모르는 아버지 생각이 났다.

전화를 받지 않으셨다. 오늘 쉬시는 날인가 싶으면서도 일단 우성아파트 쪽으로 걸었다. 횡단보도를 건너며 전화했지만 또 받지 않으셨다. 마지막이라는 생각으로 한 번 더 걸었고 이번에는 아버지가 전화를 받았다.

"무슨 일 있어?"

"어디예요? 아버지 오늘 근무예요? 나 퇴근하고 근천데."

"응, 응. 지금 근무시간이야. 끊어."

왜 이렇게 바쁘시지? 유정은 의아했다. 아파트 경비 일이라는 게 분리수거 날이나 출퇴근 시간 빼고는 택배 보관하는 것밖에 없지 않나. 어차피 우성아파트에 거의 도착했다. 유정은 아버지와 타코야키나 먹고 와야겠다 싶어 까만 비닐봉지를 흔들며 어슬렁어슬렁 단지의 경비실들을 둘러보았다. 누구라도 있으면 아버지 근무 동을 물어보려고 했는데 순찰 시간이라 경비실은 모두 비어 있었다.

유정은 단지 후문까지 갔다가 다시 천천히 정문 쪽으로 걸었다. 테니스장을 지날 때 의류수거함 옆에 서 있는 경비원의 뒷모습이 보였다. 얼마나 땀을 흘렸는지 하늘색 경비복 셔츠가 파랗게 흠뻑 젖어 등에 달라붙어 있었다. 유정이 다가가자 인기척을 느꼈는지 경비원이 뒤를 돌아보았다. 아버지였다. 이마와 콧잔등에서도 땀이 뚝뚝 떨어지고 있었다. 유정과 아버지는 왜인지 인사도 건네지 못하고 한참을 마주 보고 서 있기만 했다. 아버지가 먼저 입을 열었다.

"바쁘다니까."

"뭐, 하시는 거예요?"

"누가 의류수거함에 쓰레기를 버렸어. 봉투에 담아 버린 것도 아니고 그냥 우수수 버려놔서 그거 치우느라고. 수

거차 오기 전에 얼른 끝내야 해."

"이걸 왜 아버지가 하세요?"

"그럼 누가 하냐, 이놈아."

아버지는 별일 아니라는 듯 껄껄 웃었다. 그러고는 주변을 두리번두리번 살피더니 경비실 안쪽에 잠자는 방이 있으니 들어가 있으라고 유정의 등을 떠밀었다. 얼른, 얼른 들어가라고 두 번이나 재촉했다.

경비실로 들어서는데 노년 남성의 체취라고밖에 말할 수 없는 냄새가 훅 끼쳤다. 유정은 거북하지 않았다. 되레 약간 서글픈 감정에 휩싸였다. 유정이 살던 집, 안방, 아버지의 방, 화장실, 어디서도 이런 냄새가 나지 않는다. 그러니까 이 냄새는 아버지의 냄새가 아니라 이 공간의 냄새일 것이다.

낡은 나무 책상 위의 CCTV 화면이 가장 먼저 유정의 눈에 들어왔다. 분할된 화면 안에 공용 현관, 엘리베이터, 주차장 출입구 등이 보였고 화면마다 제각각의 시간이 흐르고 있었다. 유정은 정신없어, 라고 중얼거렸다. 유정이 사는 노블엔의 1층 안내데스크에는 화면이 더 많다. 기다란 데스크의 가장 오른쪽 자리, 보안요원 중 한 명이 CCTV 모니터를 전담한다. 아버지가 이 일도 하는구나. 분할된 화면 중 한 칸, 엘리베이터 거울 앞에서 머리를 매만지는 남자를 집중해 보고 있는데 아버지가 유정을 불렀다. 그러고는 손가락으로 경비실 뒤편을 계속 가리켰다. 얼른 들어가라는 뜻인 것 같았다.

문이 달려 있지 않은 쪽방 한쪽에는 어른 한 사람이 겨우 누울 수 있는 폭과 길이의 무릎 높이 단상이 있었다. 단상 부분만 장판 색이 다르고 전기 콘센트가 연결되어 있는 것으로 보아 온돌 패널이 설치되어 있는 듯했다. 여기서 주무시는구나. 유정은 조심조심 단상 위에 올라가 양반다리를 하고 앉았다. 방 안을 둘러보았다. 작은 냉장고와 전자레인지, 전기밥솥, 벽 선반에 올려놓은 몇 개의 박스들.

경비실에서 알람음 같은 벨 소리가 꽤 자주 울렸다. 입주민들이 경비실을 호출하면 저렇게 전화가 오듯 하나? 그런데 왜들 이렇게 호출을 해대지? 유정은 아무래도 아버지와 여유롭게 타코야키를 먹기는 어렵겠다고 생각했다. 마냥 기다리고 있을 수가 없었다. 이상하게 마음이 조금씩 허물어져서 앉아 있기가 힘들었다. 식어버린 타코야키를 구석에 놓아두고 경비실을 나왔다.

아버지는 손등으로 이마의 땀을 훔치며 경비실 쪽으로 걸어오고 있었다. 주차할 자리가 없어서 세워진 차를 밀어 공간을 만드느라 시간이 좀 걸렸단다. 동대표 차인데 성격이 지랄 맞은 사람이라 트집 잡힐까 봐 이리저리 뛰었더니 숨이 다 차다고 했다.

"갈게요."

"그래. 짬이 없어. 쉬는 날 집으로 와."

"안쪽 방에 타코야키 뒀어요. 드세요. 다 식었으니까 데워 드세요."

"그게 뭔데?"

"빵? 부침개? 뭐 그런 거예요. 따뜻할 때 먹었으면 좋았을 텐데."

"잘됐다. 오늘 저녁을 일찍 먹어서 밤에 출출하겠다 싶었는데."

짧은 인사를 나누고 아버지를 지나쳐 가다가 유정은 돌아서 소리쳤다.

"그리고 전화 좀 받으시고요."

"근무 중에 전화가 오는지 어떻게 알아, 이놈아."

아버지는 또 껄껄 웃으며 가라고 손짓을 했다. 늦었으니 얼른 집에 들어가라는 의미로 보이지 않았다. 유정 혼자만의 생각인지 모르지만 아버지가 눈치를 보고 있다고 느꼈다. 딸을 전혀 반가워하지도 않고 자꾸 뭔가를 숨기고 보내려고만 한다.

유정은 손에 쥔 휴대폰을 켜 시간을 확인했다. 거의 종일 휴대폰을 쥐고 있거나 뒷주머니에 넣어두거나 책상, 식탁의 보이는 곳에 올려놓고 있다. 유정뿐 아니라 요즘 대부분의 사람들이 휴대폰에서 떨어지지 않는다. 아버지는 요즘 사람 아닌가. 왜 전화가 오는 걸 모르나. 그러고 보니 아버지뿐 아니라 친정 아파트 경비원들도, 노블엔 보안요원들도 휴대폰을 들고 있는 것을 본 적이 없다. 경비 업무자는 근무시간에 휴대폰을 꺼낼 수도 없는 걸까.

우성아파트 앞 횡단보도에 서니 맞은편 노블엔이 압도적으로 다가왔다. 무려 52층짜리 네 개 동이 바람개비 모양으로 펼쳐져 있어 제법 웅장한 느낌을 주는 데다 동과 동 사이를 연결해 조성한 30층 공중정원의 은빛 조명이 비현실적으로 아름다웠다. 노블엔 자리는 예전에 설탕인지 밀가루인지 제조 공장이었다고 세훈에게 들었다. 그때 우성아파트 주민들은 공장 때문에 서영동의 품격이 떨어진다고 불만이 많았다고 한다. 지금은 우성아파트 어디에서도 노블엔을 올려다봐야 한다.

신호등이 초록 불로 바뀌었는데도 유정은 멍하니 인도 위에 서 있었다. 낯설다. 아직도 저긴 자신의 자리가 아닌 것 같다. 유정은 또 금세 마음이 쪼그라들었다. 세훈에게는 아직 아버지가 우성아파트에서 경비원으로 일한다는 말을 하지 못했다. 꼭 해야 하는 말은 아니지만 못 할 말도 아닌데 왠지 입이 떨어지지 않았다.

그리고 그 밤, 유정은 노블엔 출입구의 보안요원들과 안내데스크 직원이 내내 서서 근무한다는 사실을 알게 되었다. 매일, 가끔은 하루에도 몇 번이나 그 앞을 지나다니면서도 의자가 놓여 있지 않다는 것을 몰랐다. 유정은 고개를 들 수가 없었다.

유정과 세훈은 맥주를 마시며 넷플릭스 드라마를 보고 있었다. 금요일 밤이었고 좋아하는 드라마의 새 시즌이 올라와 들떴다. 세훈이 레스토랑에서 일할 때 배운 감바스를 만들었다. 한참 취기도 절정이고 드라마도 절정일 때 아버지에게 전화가 왔다. 유정은 반가움보다 불안한 마음이 먼저 들었다. 좀처럼 먼저 연락하시지 않는 아버지가 대체 무슨 일이실까.

너무 늦었지. 자고 있었던 건 아닌지 모르겠다. 미안하다. 아버지도 엄마처럼 그렇게 한참 둘러 둘러 맴돌다가 용건을 꺼냈다.

"괜찮으면 잠깐 너희 집에서 샤워 좀 해도 되니?"

"지금요?"

"좀 그런가. 좀 그렇지? 김 서방도 있고."

"아, 아녜요. 오세요. 지금 오세요."

유정이 전화를 끊자 세훈이 어리둥절한 얼굴로 물었다.

"장인어른 오신다는 거야? 지금?"

"응."

"장모님이랑 싸우셨어?"

세훈의 해맑은 질문에 유정은 울고 싶기도 웃음이 나기도 했다. 아버지가 맞은편 우성아파트에서 경비로 일하고 계신다고, 와서 샤워를 좀 하고 싶으시다는데 무슨 일인지는 잘 모르겠다고 말했다. 듣고도 세훈은 태연했다. 그러고는 혹시 모르니까, 하며 자신의 옷장에서 깨끗한 트레이닝복과 새 팬티를 꺼내두었다.

유정은 현관문을 빼꼼 열고 아버지를 기다렸다. 복도 중앙 엘리베이터에서 땡, 하는 기계음이 들렸고 느린 발걸음 소리가 가까워졌다. 그리고 어디선가 묘하게 역한 냄새가 났다. 유정은 저절로 미간이 찌푸려졌는데 다시 정신을 차리고 고개를 흔들며 표정을 풀었다. 이 은근한 악취가 어디서 풍기는지 짐작할 수 있었다. 아버지가 멋쩍은 얼굴을 하고 집 안으로 들어오자 세훈은 대뜸 우욱, 하며 헛구역질을 했다. 유정은 세훈을 이해할 수 있었다.

지하 주차장 바닥에 물이 고였다고 한다. 그걸 닦고 말리고 수습해보려고 애를 썼지만 물은 계속 고였다. 그리고 냄새도 났다. 아버지는 경비반장에게 아무래도 배관 어딘가가 새는 것 같으니 기술자를 부르자고 했다. 반장은 일단 닦아내라고 했다. 경비들이 할 수 있는 데까지 해보고, 정말 최선을 다해보고, 그래도 안 되는 게 확실할 때 외부 인력을 불러야지 돈 써서 쉽게 해결할 생각을 하면 안 된다는 거였다. 그 돈이 다 입주민들이 낸 관리비이기 때문이다. 아버지는 이럴 때 쓰라고 낸 관리비 아니냐고, 나도 내 집에서는 관리비 내는 입주민이라 입주민 입장도 안다고 말했다. 경비반장이 지친 얼굴로 대답했다.

"알죠. 사실 백에 아흔아홉은 상식적이에요. 아니, 상식이고 뭐고를 떠나 관심도 없어요. 근데 나머지 한 명이 문제죠. 언제나 그 한 명이 지독하거든요. 아주아주 지독해요."

아버지는 말 그대로 밑 빠진 독에 물 붓는 기분으로 며칠 동안 같은 작업을 반복했다. 그렇게 바닥의 물을 닦기 시작한 지 일주일이 되던 오후, 드디어 물줄기가 눈에 보일 정도가 되었다. 관리소장이 업자를 불렀다.

누가 미끄러지기라도 하면 큰일이라 아버지는 일단 걸레질을 계속했다. 걷어 올린 소매가 다 젖도록 열중하고 있는데 어디서 아득, 아득, 하고 호두알 굴리는 소리가 났다. 이게 무슨 소리야. 아버지는 소리가 나는 곳을 찾으려 바닥에, 벽에, 배관에 귀를 대보았다. 아드드드득. 호두알이 쪼개지는 소리가 나더니 순식간에 물벼락을 맞았다. 언제 어디서 어떤 방향으로 물줄기가 뿜어져 나왔는지, 뭘 하느라 그렇게 속수무책이었는지, 아버지는 기억하지 못했다. 정신을 차려보니 셔츠가 흠뻑 젖어 있었다. 벌어진 배관 이음새 부분을 일단 걸레로 둘둘 감아놓고서야 몸에서 악취가 풍긴다는 것을 깨달았다. 상수도관이 아니라 하수도관이었다.

단수 안내와 하수도 사용 자제 요청 방송을 하고 긴급 보수공사를 시작했다. 달랑 한 사람이 왔기에 혼자 할 수 있는 일이냐고 물었더니 그는 아버지가 좀 도와야 한다고 말했다. 공사 내내 아버지는 보조 역할을 했다. 시키는 대로 공구들을 나르고 밸브를 열었다 잠갔다 반복하고 물기를 닦고 배관을 빼고 끼우고 돌리고 쏟아지는 오수를 받아내고 버리고 닦았다.

배관 교체를 마치고 수리업자가 떠난 후에도 아버지의 일은 끝나지 않았다. 공사 현장 주변의 쓰레기들을 모아 버리고 재활용할 수 있는 것들은 닦아 수거함에 따로 분류해 놓고 여러 번 물걸레질을 했다. 저녁도 못 먹었고 휴식 시간에도 쉬지 못했다. 그것보다 더 괴로운 것은 악취와 가려움이었다. 손가락이 닿지 않는 등 한가운데부터 시작해 온몸으로 스멀스멀 번져나갔다.

아파트에는 경비들이 씻을 수 있는 시설이 없다. 단지 바로 앞에 사우나가 하나 있긴 하지만 입주민들 눈도 무섭고 무엇보다 냄새를 풍기며 공중목욕탕에 들어간다는 게 도저히 엄두가 나지 않았다. 일단 참았다. 어차피 근무도 다 끝났으니 오늘 밤만 견디고 내일 얼른 집에 들어가 씻자고 생각했다. 물티슈로 몸을 대충 닦고 흠뻑 젖은 셔츠만 여벌 옷으로 갈아입은 후 경비실 의자에 앉았는데 엉덩이가 축축했다. 가려웠다. 겨드랑이가, 등이, 가슴이, 배가, 손가락이, 허리춤이, 엉덩이가, 사타구니가 가려워서 견딜 수가 없었다. 그때 길 건너 노블엔에 사는 딸이 생각났다.

이후로 유정은 종종 엄마에게 아버지를 부탁받았다. 정

신과 육체가 모두 건강한 성인인 아버지를, 엄마가 딸에게 부탁한다는 것이 좀 이상하지만 유정은 부탁받았다는 표현 말고 다르게 설명할 수 없었다. 오늘 도시락을 못 가져가셨는데 아버지 저녁거리 좀 사다 드려라. 교대 시간표 조정하느라 연속 근무니까 새벽에 너희 집 들러서 씻으시라고 할게. 비에 바지가 다 젖은 것 같던데, 가서 옷 좀 받아다가 건조해서 갖다 드릴래? 전기 패널이 고장 났다시는데 너희 집에 남는 전기장판 있니.

어렵거나 큰돈이 드는 일은 없었다. 못 한다 해도 서운해하지 않았다. 그런데 비슷한 부탁이 잦아지자 유정은 슬슬 거슬리기 시작했다. 세상에 이렇게 아파트들이 차고 넘치는데 아버지는 왜 하필 우리 집 바로 앞으로 와서 딸을 피곤하게 만들까. 왜 죄책감을 갖게 할까. 생각하다 보면 또 미안한 마음이 들어 퇴근길에 귤 한 봉지를 사서 아버지의 경비실로 갔다.

경비실 문은 커다랗고 녹슨 자물쇠로 잠겨 있고, 순찰 중 팻말이 걸려 있었다. 팻말 아래에 아버지 휴대폰 번호가 적혀 있었다. 휴대폰 번호까지 주민들에게 공개한다고? 한밤중에 전화해 이런저런 요구를 하는 사람도 있고, 전화나 문자로 폭언을 퍼붓는 사람도 있을 텐데. 유정이 한숨을 쉬며 서 있는데 누가 어깨를 툭툭 쳤다.

"무슨 일이십니까?"

아버지와 똑같은 경비복을 입은 중년 남자. 유정은 흠칫 한 발 물러서며 아니에요, 했다.

"주민이세요?"

"아니요. 여기 근무하시는 분한테 전해드릴 게 있어서요."

"아, 우리 송 선생 따님이시구나? 아유, 효녀다. 자주 오신다면서요?"

분명 칭찬인데 듣고 있으려니 목덜미가 싸늘해졌다.

"자주는 아니고요. 근처에 살아서 잠깐 들렀어요."

그때 아버지가 달려왔다. 남자는 아버지를 향해 가볍게 묵례를 하고는 격려하듯 유정의 어깨를 두 번 툭툭 두드린 후 경비실을 떠났다. 남자가 충분히 멀어진 후에야 아버지는 그가 경비반장이라고 알려주었다.

"반장이면 뭐가 달라요?"

"다르기도 하고 다를 게 없기도 하고."

그러고는 얼른 가라고, 자꾸 찾아오지 말라고 유정을 떠밀었다. 유정은 말없이 귤 봉지만 아버지 손에 쥐여드렸다. 아버지는 유정의 서운한 마음을 읽었는지 시말서가 지굿지굿해 그렇다고 했다.

유정의 집에서 샤워를 한 날이 시작이었다. 취침 시간 동안 잠깐이지만 경비실을 비운 일. 경비복이 아닌 사복을 입은 일. 두 가지 이유로 아버지는 시말서를 썼다.

이후로 이상하게 시말서 쓸 일이 많았다. 음식물 쓰레기통이 가득 차 있어서 시말서를 썼다. 주차 안내를 할 때 입주민의 차 보닛을 두 번 두드렸다가 시말서를 썼다. 차주는 원래 불만과 항의가 많은 사람이었다. 길고양이 급식소를 치워버리지 않아서 시말서를 썼다. 집집마다 방문해 동대표 선거 서명을 받을 때도 실적이 나빠 시말서를 썼다. 물청소할 때 물이 많이 튀어서, 자치회장에게 인사를 안 해서, 경비실 안에서 졸고 있어서, 다른 경비와 입주민에 대한 불만을 이야기해서…… 시말서를 썼다.

그렇게 시말서를 쓰면서 보니 경비의 업무가 아닌 일들을 너무 많이 하고 있다는 생각이 들었다. 분리수거와 단지 청소가 경비의 일인가. 택배를 보관하고 반품하는 것이 경비의 일인가. 잡다한 주민 심부름과 공사 보조가, 배달 업무가, 수목 가지치기 작업이, 각종 선거와 서명 업무가 경비의 일인가. 일할 곳이 있다는 것에 그저 감사하기에는 일단 몸이 너무 지쳤고 도미노 넘어지듯 마음도 지쳐 넘어지기 시작했다. 그렇게 일하고도 너무 형편없는 급여를 받았고, 용역업체 소속이라 재계약을 못 할까 항상 불안했다.

넘어지려는 마음을 다잡으며 아버지는 비질을 하고 택배를 옮기고 순찰을 돌고 있었다. 자동차 트렁크에서 커다란 사과 상자를 꺼내던 중년 남자가 소리쳤다.

"어이, 경비!"

아버지는 지금 나를 부르는 건가 하고 주위를 두리번거렸다.

"거기! 거기, 당신 맞으니까 와서 이거 좀 같이 올립시다."

아버지는 불쾌할 겨를도 없이 달려가 남자와 사과 상자를 마주 들었다. 멍하니 서 있는 아버지를 향해 남자가 얼른 움직이라는 듯 턱짓을 했다.

"몇 동이신지?"

아버지가 묻자 남자가 갑자기 박스를 잡고 있던 손의 힘을 풀며 되물었다.

"나 몰라요?"

"예?"

"주민 얼굴도 몰라? 무슨 경비가 주민 얼굴을 몰라? 그럼 내가 주민인지 강도인지도 모르면서 지금 이러고 있는 거야? 이 사람 안 되겠네?"

"아, 압니다! 당연히 알죠. 몇 동 몇 호셨는지 갑자기 헷갈려서요."

다급한 변명에 남자는 아버지를 위아래로 다시 훑어 살피고는 105동이요, 했다. 앞으로 똑바로 잘하라고, 지켜보겠다고 협박하는 것도 잊지 않았다. 아버지는 이미 팔에 힘이 다 빠졌지만 악착같이 버텼다. 힘들어하는 모습을 보이면 업무를 줄여주기는커녕 경비들이 너무 나이가 많아 기운이 없다는 지적을 받았기 때문이다.

현관문 안까지 박스를 옮겨놓고 나서야 남자는 수고하셨다고 말했다. 아버지가 고개를 꾸벅 숙여 인사하고 돌아서려는데 남자가 다시 아버지를 불러 세웠다. 그는 아버지가 보는 앞에서 테이프를 쭉 잡아 뜯어 박스를 열더니 사과를 고르기 시작했다. 동글동글 예쁘고 광이 나는 윗줄의 사과를 걷어내자 흠집이 나고 색이 변한 사과들이 몇 알 보였다. 남자는 가장 작고 누런 사과와 껍질이 벗겨질 정도로 상처가 길고 커다란 사과를 찾아내 아버지에게 건넸다.

"아, 괜찮습니다. 정말 괜찮습니다."

"그러지 말고 가져가서 먹어요. 고생했어."

"아유, 아닙니다. 그럼 저는 가보겠습니다."

"모양 때문에 그래요? 이거 일부러 흠집사과 산 거예요. 이게 더 맛있어. 가리지 말고 먹어. 줄 때 그냥 먹어."

아버지는 결국 사과 두 개를 받아 왔다. 그리고 경비실 옆 음식물 쓰레기통에 던져버렸다.

우성아파트 경비로 일하며 겪은 이해할 수 없는 일들과 고통, 분노, 피로에 대해 아버지는 한 번도 가족들에게 말하지 않았다. 유정이 경비실에 들를 때마다 불안한 눈으로 얼른 가라고만 하던 아버지가 그날 처음으로 거친 표현을 써가며 감정을 드러냈다.

"내가 아버지뻘은 아니어도 큰삼촌은 될 법한 나이인데 내내 반말 찍찍 하면서. 하여간 못 배워먹었어. 어디 나가서는 입도 뻥긋 못 하는 새끼들이 경비는 우습게 보고 말이야."

듣고 있던 유정까지 자존심이 상했다. 그러게 아버지는 왜 해보지도 않은 일을 한다고 그런 새끼들한테 수모를 당하고 있는 건지. 딸의 굳은 얼굴을 보고서야 아버지는 대범한 척 덧붙였다.

"그래서 내가 그 사과 다 버렸잖아. 버렸어. 받자마자 버렸어."

아버지의 변명에 유정은 가슴이 답답해졌다.

"버리면 뭐해요? 이미 받았잖아!"

그게 무슨 말버릇이냐고 한마디 하실 줄 알았는데 아버지는 아무 말도 하지 않았다. 유정은 더 화가 났다.

"아버지가 버렸는지 먹었는지 그 사람이 어떻게 알아요? 그 사람한테 이제 아버지는, 경비들은, 물러 터진 사과 넙죽넙죽 받아 먹는 존재겠지. 버리면 뭐하고 딸한테 욕하면 뭐해요? 애초에 받지를 말았어야지. 앞에서 입도 뻥긋 못 하기는 아버지도 마찬가지예요."

좋은 마음으로 아버지가 좋아하시는 제사 떡과 식혜를 사 갔었다. 하지만 유정은 간식 봉투를 두고 경비실에서 나오며 차라리 오지 말걸, 오지 말걸, 후회했다. 아버지는 불러 세우지도 조심히 가라고 인사를 건네지도 않고 멀어지는 유정을 바라보기만 했다. 화가 난 것 같기도 하고 창피해하는 것 같기도 했다. 골똘히 생각하는 것 같기도 하고 아무 생각이 없는 것 같기도 했다. 포기한 것 같기도 하고 결심한 것 같기도 했다. 아무튼 처음 보는 얼굴이었다. 아버지 같지 않았다.

며칠 지나지 않은 어느 저녁, 켜놓은 TV와 스마트폰을 번갈아 보던 세훈이 어깨를 들썩이며 큭큭큭 웃었다. 유정이 뭔데? 하고 묻자 세훈이 사진 한 장을 카톡으로 보냈다.

"우성아파트에 경고맨이 있대."

"경고맨?"

유정은 카톡 창에 뜬 작은 사진을 검지 끝으로 톡, 두드려 화면 전체 크기로 키웠다. 하얀 종이에 까맣고 두툼한 글씨체로, 아마도 유성 매직으로 쓴 경고문이었다. 내용도, 글씨도, 종이와 펜의 색깔도 무난했지만 사진을 보자마자 유정의 심장이 미친 듯이 뛰기 시작했다. 유정이 검지와 중지로 사진을 확대해서 한 글자 한 글자 유심히 들여다보고 있는데 세훈이 부연 설명을 했다.

"우성 경비 중 한 명이 아파트 구석구석에 온갖 경고문을 붙였대. 왜 그렇게 경고문을 붙이시냐고 물어봤더니 사람들이 말로 하면 못 알아먹어서 그렇다고 그러더래. 그러더니 경고문 떼지 말라는 경고문까지 붙였대. 누가 서사사에 이 얘기를 시트콤처럼 엄청 웃기게 썼어. 움짤도 만들었는데 그것도 너무 웃겨. 내가 움짤도 보내줄게."

유정은 웃음이 나지 않았다. 세훈의 말이 제대로 들리지도 않았다. 익숙한 글씨체였다. 가정통신문이나 성적표의 회신란에서 자주 봤던 글씨. 선생님들도 깜짝 놀랐던 아버지의 명필. 세훈이 움짤을 보여주며 웃기지? 웃기지? 물었지만 유정은 이번에도 대답하지 못했다.

　밤사이 작은 서랍장이며 책꽂이, 의자 같은 것이 분리수거장에 나왔다. 제대로 비용을 지불하고 폐기물로 내놓으라고 메모를 남겼지만 아무도 조치하지 않았다. 아버지는 관리소장에게 CCTV를 확인하겠다고 했다. 소장은 그렇게 범인 잡듯 하면 주민들이 불쾌할 거라고, 뒤늦게 그러지 말고 버리고 있을 때 좋게 좋게 얘기를 하라며 대수롭지 않게 넘겼다.

　아버지는 잠복 이틀 만에 여행용 캐리어 두 개와 전기장판을 버리는 노부부를 붙잡았다. 자정이 조금 넘은 시간이었다.

　"선생님, 이건 재활용 안 됩니다. 여기 이렇게 버리시면 안 되고요, 폐기물 신고 하시고 필증 붙여서 내놓으셔야 해요."

　"알아, 알아. 내일 동사무소 열면 하려고 했어. 지금 밤이잖아."

　"그러니까 필증을 미리 받아서 붙인 다음에 내놓으셨어야죠. 그리고 요즘은 인터넷으로 아무 때나 할 수 있어요."

"우리 같은 노인네들이 인터넷으로 어떻게 해? 나는 딸이 보내는 사진도 못 봐."

실랑이가 이어지자 할머니가 끼어들었다.

"이거 다 쓸 수 있는 거예요. 완전 새거잖아요. 필요한 사람들 가져가라고 여기 내놓은 거지 버리는 거 아니에요. 그러니까 아저씨는 신경 쓰지 마시고 아저씨 일 하세요."

할머니가 할아버지의 팔을 당겨 재촉하는 모습을 보며 아버지는 어떤 느낌이 왔다. 급히 캐리어를 열었더니 안에서 낡은 신발들이 튀어나왔다.

"할머니, 이게 뭐예요? 이걸 누가 가져가요? 신발들은 종량제봉투 사다가 담아 버리시고, 캐리어랑 장판은 필증 붙여서 다시 내놓으세요!"

이렇게 시작된 소동은 몇몇 주민들이 나와 구경하고 취침 중이던 다른 초소의 경비원들까지 모이는 지경에 이르렀다. 결국은 아버지의 사과로 정리되었고, 노부부는 일주일 넘게 쓰레기들을 방치한 후에야 폐기물 신고필증을 붙였다.

아버지는 분리수거장 입구에 '※경고※ 폐기물 투기 금지'라고 적어 붙였다. 쓰레기통에는 '※경고※ 종량제봉투 필수, 무단 투기 끝까지 잡아냄', 경비실 문에는 '※경고

※ 휴식 시간 경비원 호출 금지', 길고양이 급식소 앞에는 '※경고※ 급식소 훼손 금지(고양이를 괴롭히지 맙시다)', 경비실 창고 앞에는 '※경고※ 택배 보관 안 함, 분실 시 책임지지 않습니다', 주차장에는 '※경고※ 통로 주차 금지'라고 써 붙였다.

경고문에 혓바닥이나 눈알, 해골 같은 그림이 덧그려졌다. 싫은데? 내가 왜? 뉘뉘! 같은 장난스러운 낙서도 있었고, 미친 XX! 너나 똑바로 해! 이런 거 붙이라고 내가 관리비 내는 줄 아냐?같이 과격한 의사 표현도 있었다. 그러다가 경고문 종이가 떨어져나가기 시작했다. 관리사무소에서 그러는지 경비반장이 그러는지 아니면 주민들이 그러는지 알 수 없었다. 아버지는 다시 '※경고※ 경고문을 함부로 떼지 마시오!'라고 적어 붙였다.

아버지는 관리소장에게 불려가 진짜 경고를 받았다. 소장은 관리사무소 및 동료, 주민과의 불화는 해고 사유라고 말하며 주먹으로 책상을 쾅쾅 두드렸다. 취업규칙에 이미 적혀 있었다고 하는데 아버지는 기억나지 않았다.

"그 경고문 다 떼시고, 시말서 쓰시고, 한 번만 더 시끄러운 소리 나거나 경고문 같은 거 붙이면 해고니까 그렇게 아세요!"

"싫습니다."

"뭐요?"

"경고문 떼기도 싫고 잘리기도 싫습니다. 제가 뭘 잘못했습니까?"

"이 양반이 왜 이래? 미쳤어? 처음에는 안 그러더니 사람이 왜 이렇게 이상해졌어?"

"여기가 이상하니까요. 너무 이상합니다! 사람을 미치게 만들어요!"

그날로 아버지는 해고당했다. 아버지는 커다란 가방을 등에 하나 메고, 오른손에 쇼핑백을 하나 들고, 왼손에는 고양이 이동장을 들고 유정의 집으로 왔다. 고양이에 대해 잘 모르는 유정도 알아볼 수 있는 품종묘였지만 털 상태가 엉망이었다.

2주 전부터 보이기 시작했단다. 그즈음 이사 가는 집에서 캣타워를 내놨는데 그 사람들이 버린 것 아닌가 아버지는 의심하고 있었다. 여기저기 밥자리를 기웃거리는데 이미 자리 잡은 고양이들에게 쫓겨나 굶고 다니는 것 같단다. 한번은 싸웠는지 크게 물려서 아버지가 병원에 데려가 치료해준 적도 있다고 한다.

"딱 봐도 사람이 키우던 애잖아. 길에 두면 애 죽어. 내가 데려가고 싶은데 너희 엄마가 고양이 싫어하잖아. 구조한 학생이 지금 입양할 데를 찾고 있거든? 그동안만 네가 좀 맡아주면 안 될까?"

어려서 강아지를 키운 적이 있다. 요크셔테리어 잡종견이었고 털 색깔이 누레서 '감자'라고 이름을 지었다. 그때도 가족 중 아버지가 감자를 가장 예뻐해 산책도, 목욕도, 발톱 손질도 도맡아 하셨던 기억이 있다. 아버지는 그때나 지금이나 동물을 참 좋아하시는구나. 유정은 대뜸 자신이 키우겠다고 대답했다. 같이 살겠다고, 그러고 싶다고, 한 번도 고양이를 키워본 적은 없지만 공부해서 잘하겠다고. 아버지는 몇 번이나 정말이냐고 되물었고, 유정은 구조한 학생과 아버지에게 정기적으로 사진과 동영상을 보내겠다고 약속했다. 그제야 아버지의 얼굴이 조금 편안해졌다.

"대신 아버지, 저도 부탁이 있어요."

"그래, 말해봐. 뭐든 들어줄게."

"제가 아는 노무사가 있어요. 아버지 계약부터 근무, 해고 과정에 부당한 부분은 없는지 무료로 상담해주신대요. 그러니까 만나보시고 되돌릴 수 있거나 보상받을 수 있는 게 있다면 꼭 해봐요, 우리."

아버지는 목덜미를 긁적이다가 알겠다고 대답했다.

유정이 아는 노무사가 있을 리 없었다. 열심히 검색하고 발품을 팔았고, 비용도 유정이 지불했다.

엄마에게 전화도 계속 왔다. 유정은 엄마의 하소연을 듣다 듣다 참지 못하고 그만 좀 해, 라고 말해버렸다. 그만 좀 해. 나한테 그만 좀 해. 오빠한테는 말도 못 꺼내면서 나한테만 이러는 거 그만 좀 해. 머릿속을 울리던 그 많은 말들 중 몇 마디나 진짜 내뱉었는지 유정도 모른다. 엄마는 서럽게 울면서 알겠다고, 다시는 전화하지 않겠다고, 딸 무서워 말도 못 하겠다고, 하고 싶은 말을 다 하고 인사도 없이 전화를 끊어버렸다.

창 너머로 노을빛을 머금은 구름이 넓게 펼쳐져 있었다. 구름 사이로 보이는 하늘이 유난히 파랬고 바람이 부는 대로 붉은 구름이 흘러가며 하늘을 보랏빛으로 칠했다. 맑은 날만 보이는 남산타워의 실루엣, 한때 까마득했으나 지금은 유정의 발아래 있는 빌딩들, 오래된 아파트들의 초록 옥상, 마스킹테이프를 붙인 듯 반듯한 도로와 그 위의 자동차들, 하나둘 불빛을 밝히는 가로등, 창문, 자동차의 헤드라이트…… 32층 통창 너머의 풍경에 유정의 답답한 마음이 뻥 뚫렸다. 그리고 눈물이 흘렀다.

서영동에서 가장 비싼 아파트, 로열동, 로열층, 그림 같은 노을 앞에 서서 유정은 자꾸만 서러워졌다. 눈물을 손등으로 훔치고 콧물을 엄지와 검지로 모아 대충 바지춤에 닦았다. 흑흑흑 바람 새는 소리의 진원지를 찾던 세훈이 서재에서 나와 주방을 지나 거실 창 앞에 도착했다. 세훈은 엉망이 된 유정의 얼굴을 보고는 당황해 물었다.

"왜…… 울어?"

대답할 수 없었다. 말한다고 네가 이해할 수 있을까. 학교를 졸업하기도 전에 서울의 초고층 주상복합아파트 소유주가 된 네가, 외삼촌의 레스토랑에서 일하다가 큰아버지의 회사로 이직한 네가, 가족 단톡방의 부모님 해외여행 사진에 무심히 이모티콘을 보내는 네가, 그 모든 일이 당연하고 자연스러운 네가 이해할 수 있을까.

"노을이 너무 예뻐서."

유정이 말하자 세훈이 귀엽다는 듯 유정의 볼을 살짝 잡았다 놓으며 말했다.

"거짓말."

세훈은 더 캐묻지 않았고 유정도 자꾸만 눈물이 흘러 말을 할 수 없었다. 세훈이 물었다.

"감바스 해줄까?"

"아니, 골뱅이 소면."

"알았어. 영화 보자. 볼만한 거 골라봐."

TV 앞에 자리를 잡자 감자가 유정의 무릎에 폴짝 올라왔다. 유정은 고양이에게 어릴 적 강아지와 똑같이 '감자'라고 이름을 붙였다. 세훈이 감자를 쓰다듬으려 손을 뻗자 감자는 귀를 납작 접어 몸을 웅크렸다가 다시 폴짝 도망쳤다. 감자는 세훈을 무서워했다. 세훈이 주면 밥도 안 먹고, 세훈이 치우면 한동안 화장실도 가지 않았다. 감자가 젊은 남자를 무서워한다고 듣긴 했지만 도대체 무슨 일을 겪었는지 알 수 없어 유정은 답답했다. 맥주를 마셨는데도 잠이 오지 않았다.

그날 새벽, 우성아파트 각 동 게시판과 엘리베이터에는 신문 기사를 출력한 종이 두 장이 붙었다. 최근 2년 사이 판결이 난 소위 경비원 갑질 사건의 법원 판결문을 분석한 기획 기사*였다. 경비원에게 욕을 하고 1미터짜리 커튼 봉으로 폭행하고 커터칼로 위협하고 밀치고 발로 밟은 주민들이 있었다. 하지만 대법원 확정판결 13건 중 실형은 3명뿐이고 나머지 10명은 집행유예와 벌금형이었다.

무슨 이유인지 이 기사들은 며칠이나 게시판과 엘리베

이터에 그대로 붙어 있었다. 게시판을 신경 써서 살피는 사람은 없었다. 그래도 고층에 살거나 택배 기사와 동승하게 된 주민들은 엘리베이터를 타는 그 지루하고 어색한 시간을 견디느라 기사를 읽었다. 그러고는 하나같이 혀를 끌끌 찼다.

경비를 욕하고 때리는 사람들이 다 있어? 칼로 위협? 미쳤구만, 미쳤어. 목을 졸랐는데 벌금 200만 원? 목 조른 건 살인미수 아니야? 이런 인간들은 콩밥을 먹여야지, 집행유예가 뭐야? 하여튼 우리나라 법은 너무 물러. 도대체 어느 아파트야? 아파트 사는 게 뭔 유세라고. 층간소음은 자기들끼리 해결할 것이지 왜 경비한테 화를 내? 어느 아파트가 쓰레기 정리를 경비한테 시켜? 내가 다 창피하다, 진짜……. 그렇게 입을 모아 갑질 아파트와 주민들을 성토하고 진심으로 분노했다.

뒤늦게 관리사무소에서 무단 게시물의 존재를 알게 되었다. 경비원들에게 제거 작업 지시가 내려왔다.

---

* "쓰레기" 폭언 · 커튼봉 폭행…경비원 현실은 더 비참했다(《서울신문》, 2020. 5. 13.)

샐리 엄마 은주

학부모 총회라니. 유난이라고 생각했다. 유치원 가서 잘 먹고 잘 놀다 오면 되는 거 아닌가. 대체 뭘 상의하고 건의하겠다고 학부모 총회씩이나. 은주는 *그런* 마음으로 새봄을 영어유치원에 보낸 게 아니었다. 퇴근한 용근에게 메시지를 보여주며 물었다.

"나가지 말까?"

"왜? 가서 엄마들도 사귀고 정보도 얻고 그러면 좋지 않아? 궁금한 거 많았잖아."

"*이런* 거 기겁할 줄 알았더니."

"그냥, 다들 모이는 자리잖아."

새봄은 세 살 가을부터 인근 교회에서 운영하는 어린이집에 다녔다. 어린이집은 교회와 같은 건물이고 교단에서 운영을 하지만 그게 전부였다. 크리스마스 파티를 좀 성대하게 하고, 부활절에 달걀을 나누어 주고, 밥 먹기 전에 식사 기도 노래를 부르는 정도. 보육 포털에 대기했다가 차례가 되어 등록했을 뿐, 은주와 용근은 종교가 없다.

어린이집은 만족스러웠다. 선생님들이 다정하고 느긋한 게 가장 좋았다. 새봄이 낮잠을 거부할 때도, 숟가락질을 못할 때도, 목덜미 피부가 빨갛게 일어났을 때도 담임선생님은 아이들이 흔히 겪고 지나가는 일이라고 은주를 안심시켰다. 선생님 말대로 새봄은 곧 곤히 잠들었고 숟가락질도 능숙해졌고 계절이 바뀌자 피부 발진도 나았다. 게다가 정부지원금 이외에 따로 들어가는 비용이 행사비와 특별활동비 등을 다 해도 한 달에 10만 원 정도로 저렴했다.

어린이집은 7세 반까지 있었다. 은주는 새봄의 발달 상황을 봐서 여섯 살에 유치원으로 옮기거나 쭉 어린이집에 보내다가 곧바로 초등학교에 입학시킬 생각도 있었다. 천천히 고민해도 될 일이라고 생각했다. 그런데 새봄이 네 살 되던 여름부터 같은 반 엄마들이 유치원을 알아보기 시작했다. 5세 반으로 처음부터 들어가지 않으면 6, 7세 때는 증원 인원만큼만 추가 선발하기 때문에 유치원에 들어가기가 어렵다는 것이다. 은주의 마음도 일렁거렸다.

용근은 출근하고 새봄은 어린이집에 간 평일 오전, 은주는 생협에서 채소 몇 가지와 유기농 사과주스를 사 오다가 충동적으로 어린이집을 찾아갔다. 창 너머로 교실 분위기나 보고 올 생각이었다. 그런데 새봄이네 반 아이들이 앞마당 텃밭에 나와 있었다. 은주는 담벼락에 몸을 숨기고 새봄을 한참 지켜봤다.

은주가 아니었다면 눈치채지 못했을 것이다. 새봄이 늘 무리의 뒤편에서 머뭇거리다가 다른 아이가 비키고 나서야 흙을 파고 꽃향기를 맡고 열매들을 만져본다는 것을. 그러다가 누군가 슬금슬금 밀고 들어오면 다시 멀뚱멀뚱 밀려난다는 것을. 저리 비키라고, 아니면 같이 보자고 말하는 아이들 틈에서 입을 꾹 다물고 있다는 것을. 모종삽을 빼앗기고도, 분무기를 빼앗기고도 울거나 소리치지 않는다는 것을. 다른 아이들보다 머리 하나는 작고 걸음도 뒤뚱뒤뚱하니 야무지지 못하다는 것을.

은주는 집에 돌아와서야 눈물을 쏟아냈다. 대체 나는 뭐 하는 사람이지. 이러려고 10년이나 다닌 직장을 그만두었나.

"앞으로 화요일, 목요일은 차 가지고 나가지 마."

"무조건?"

"응. 무조건. 새봄이 발레 다닐 거야."

"예쁘겠다."

물론 발레복을 입은 새봄은 예쁘겠지만 은주는 그저 딸 예쁘라고 코앞에 있는 문화센터를 두고 차로 15분 거리에 비용이 두 배가 넘는 전문 발레 스튜디오에 등록한 것이 아니다. 자세를 바로잡고 뼈와 근육을 단련해 결과적으로 키도 키우고 자신감도 키우려고 한다. 새봄이 11월생이라 체격에서 밀리는 것이 가장 문제라고 판단했다.

기관도 고민이 됐다. 새봄이네 반은 원아 15명에 선생님이 두 분인데 아무리 생각해도 원아 수가 너무 많다. 게다가 5세가 되면 한 반에 원아 15명, 선생님 한 분이다. 발달 속도가 천차만별인 아이들을 선생님이 모두 섬세하게 챙기는 것은 거의 불가능하고 그럼 당연히 늦되는 아이는 방치되다 처질 수밖에 없지 않을까. 그 방치되는 아이가 새봄이라고 생각하면 은주는 숨이 쉬어지지 않았다.

입술을 꾹 깨물고 은주의 말을 듣고 있던 용근이 말했다.

"옮기자. 새봄이한테는 첫 번째 사회생활이고 뭐든지 첫 경험인데 의기소침하게 물러서는 것부터 배우면 되겠어? 그러다 애 성격 버려."

"사실 1, 2월생하고 비교하니까 늦어 보이는 거지 월령으로 치면 새봄이 하나도 안 늦어. 딱 제때 걸었고 제때 말했고 기저귀 떼는 건 조금 늦었지만 대신 한 번도 실수를 안 했잖아. 새봄이가 신중하고 정확한 스타일이야. 발레 선생님도 그러시더라. 한번 자세를 잡아주면 그대로 유지를 한다는 거야, 네 살이. 초등학교 언니들도 그렇게 못 한다고 놀라더라니까?"

"나 중학교 때까지 육상 했잖아."

"그게 무슨 상관이야? 아무튼 케어 잘되는 데로 옮겨야겠어. 일반 유치원은 지금 어린이집보다 나을 게 없고 놀이학교나 영유로 알아보고 있어."

"그래. 돈 생각은 하지 마. 내가 밤에 대리라도 뛸 테니까."

후보는 셔틀버스로 30분 거리의 '열매 자연학교'와 걸어서 5분 거리의 영어유치원 '키즈클럽'으로 좁혀졌다. 두 곳 모두 교사당 원아 수는 일반 유치원의 절반 수준으로 비슷했고 비용도 일반 유치원의 세 배 정도로 비슷했다. 열매 자연학교는 넓은 놀이터에 옥상정원까지 있어서 야외 활동이 많고 특히 일주일에 하루는 근처 수목원에서 꽃과 나무를 관찰하며 실컷 뛰어논다는 점이 좋았다. 키즈클럽은 무엇보다 집에서 가깝고 각 교실과 강당, 조리실까지 CCTV가 설치되어 부모가 휴대폰으로 자녀를 실시간 확인할 수 있다는 점이 안심되었다. 영어야 뭐, 잘해서 나쁠 것 없고.

은주와 용근은 긴 대화와 고민 끝에 키즈클럽을 선택했다. 열매 자연학교에 다니려면 아직 어린 새봄이 왕복 한시간 넘게 셔틀버스를 타야 한다는 사실이 아무래도 마음에 걸렸다. 키즈클럽의 한국인 담임선생님들이 모두 유치원 정교사 자격증을 가지고 있고 키즈클럽에 오래 근무했다는 점도 믿음직했다. 영어야 뭐, 일찍 시작해서 나쁠 것 없고.

새봄은 키즈클럽에 잘 적응했다. 아침마다 선생님들이 유난스러울 정도로 반겨주신 것이 한몫했다. 은주가 자주 CCTV를 확인했는데 확실히 새봄은 어린이집 때보다 훨씬 적극적으로 활동하고 새 친구들과도 잘 어울렸다. 반찬이 맛있다고 하면 계속 계속 더 주신다는 걸 보면 밥도 잘 먹고 있는 모양이었다. 모든 면에서 아주 만족스러웠다. 거슬리는 딱 한 명을 빼면.

화면 속의 한 아이가 불쑥 눈에 들어왔다. 대부분의 아이들은 몸을 뒤틀거나 두리번거리긴 해도 대체로 정해진 자리에서 크게 벗어나지 않는다. 그런데 그 아이만 교실 뒤편 놀잇감 앞에서 놀고 있었다. 어느 날은 한 친구에게 딱 붙어 앉아 쳐다만 보고 있고, 어느 날은 혼자 서 있고, 어느 점심시간에는 선생님이 돌아다니는 그 아이를 붙잡아 밥을 먹이느라 애를 쓰고 있었다. 쟨 뭐지. 은주는 묘한 불안과 불쾌감에 휩싸였다.

조심스럽게 새봄에게 물었지만 새봄은 모른다고 대답했다. 그런 친구가 없다는 것도 아니고 있지만 상관없다는 것도 아니고 있는지 없는지를 모르겠단다. 아이들이란 이렇구나. 주변에서 어떤 일이 일어나는지를 아예 모를 수도 있구나. 그렇다면 다행이라는 생각이 드는 한편 진짜 문제라는 생각이 들기도 했다. 혹시나 사고가 발생해도 아이는 상황을 객관적으로 이해하고 대처하지 못할 테니까.

특별활동이 있던 날, 일부러 조금 일찍 새봄을 데리러 가서 담임선생님께 그 아이에 대해 물었다. 선생님은 이미 알고 있다는 듯, 그렇지만 아무 일도 아니라는 듯, 유쾌하게 웃으며 그 친구가 11월생이라고 말했다.

"어머니도 아시겠지만 요맘때는 한 달 한 달이 크잖아요. 아, 샐리가 똘똘하고 빠르니까 모르실 수도 있겠다. 암튼 11월생인 데다 약간 늦돼요, 그 친구가. 어머니 보시기에도 좀 어리죠? 그래도 누구 방해하거나 괴롭히거나 그런 일은 전혀 없어요. 그 친구 어머니가 워낙 경우 바른 분이고요, 저도 늘 신경 쓰고 있으니까 걱정 안 하셔도 돼요."

은주가 CCTV로 보기에도 딱히 친구들에게 피해를 주는 것 같지는 않았다. 알겠다고 하고 말았는데 집에 와서 생각해보니 걸리는 점이 몇 가지 있었다. 담임이 그 친구에게 늘 신경을 쓴다면 다른 아이들은 상대적으로 덜 살피게 되지 않을까. 또 애엄마가 경우 바른 것이 아이가 산만한 것과 무슨 상관일까. 다른 학부모들은 아무도 모를까. 아무도 유치원에 항의하지 않았을까. 이후로 은주는 CCTV를 볼 때마다 새봄이 아니라 그 아이를 지켜보게 되었다.

총회 장소는 새봄의 돌잔치를 했던 한식당이었다. 물론 돌잔치는 15명 정원의 작은 룸을 빌려서 양가 직계가족끼리 간소하게 치렀다. 그래도 은주는 돌상 차리고 한복 빌리고 스냅사진 예약해서 찍느라 바빴었다.

식당 입구에 들어서자 직원이 먼저 키즈클럽이세요? 하고 물었다. 고개를 끄덕이자 복도를 따라 오른쪽으로 꺾어지면 세미나실들이 있는데 그중 'A실'로 들어가면 된다고 알려주었다. 식품 캐리어가 부지런히 이동하는 좁은 복

도를 따라 걸으며 여기 세미나실이 다 있구나 하고 두리번
거렸다. 돌잔치를 했던 방은 17번 룸이었다. 새봄이 생일이
11월 17일인데 딱 17번 룸이라고 좋아했던 기억이 있다.

생각하다 은주는 문득 의아해졌다. 그런데 어떻게 나를
보자마자 키즈클럽이냐고 묻지? 내가 유치원생 엄마같이
생겼나? 역시 *이런* 모임에 오는 게 아니었다. 은주는 자신
과는 전혀 다른 삶이라고 생각했던 이들과 같은 부류로 묶
인다는 것에 조금 당혹스럽고 서글픈 마음이 들었다. 약간
멍한 상태로 복도 끝까지 가서 막다른 벽 앞에 섰다. 그때
누군가 은주의 어깨를 톡톡 두드렸다.

"샐리 어머니, 맞으시죠?"

"아, 네."

"저 제이크 엄마예요. 하원할 때 몇 번 마주쳤는데."

"네, 안녕하세요. 잘 지내시죠?"

"총회 오신 거 맞죠? 같이 들어가요."

은주는 제이크 엄마와 출입문 쪽 테이블에 나란히 앉았
다. 서로 친분이 있는지 꽤나 시끄러운 테이블도 있고 말없
이 물만 마시는 테이블도 있었다. 조용한 곳은 주로 신입생
엄마들로 구성된 테이블이었다.

직원이 죽과 샐러드를 모두의 자리에 놓은 후 문을 닫고

나가자 가운데 앉아 있던 엄마 한 명이 자리에서 일어났다.

"안녕하세요, 제가 연락드렸던 헬렌 엄마예요. 올해부터는 케이 엄마고요."

케이 엄마의 테이블을 중심으로 우우 환호와 박수, 휘파람이 쏟아졌다. 은주도 눈치를 보다 같이 손뼉을 치긴 했는데 의미를 알 수가 없었다. 환영? 응원? 축하? 대체 왜 다들 손뼉을 치는 거지?

이런 게 어려웠다. 엄마들의 세계에서 통용되는 상식, 행동, 의사소통 방법 같은 것들. 주변의 다른 첫째 엄마들은 모두 잘하던데 은주는 계속 겉돌았다. 그동안 평범하게 진학하고 취직하고 이직하면서 많은 인간관계를 경험해보았지만 이렇게 적응이 안 되는 경우는 처음이었다. 여러 생각을 했다. 나랑 안 맞나 보다, 그사이 사회성이 떨어졌나 보다, 엄마들의 문화라는 게 좀 특이한 데가 있나 보다······.

박수와 환호가 잦아들자 케이 엄마가 말을 이었다.

"저한테 연락처가 대부분 있어서 이번엔 제가 연락드렸는데, 앞으로 어떻게 모임 유지해갈지는 오늘 천천히 다시 얘기해봐요. 먼저 식사하시면서 서로 인사부터 나누시고요."

케이 엄마가 자리에 앉는데 누군가 큰 소리로 외쳤다.

그냥 자기가 계속해! 그러자 동의합니다, 맞아요, 고마워, 같은 추임새와 웃음소리가 이어졌다.

현 케이 엄마, 구 헬렌 엄마는 작년까지 키즈클럽의 학부모대표였다. 학부모 총회가 쭉 있었던 것은 아니고 대표라는 것도 공식 직함은 아니다. 3년 전, 헬렌 엄마가 다 같이 밥이나 먹자고 엄마들을 모은 것이 시작이었다. 헬렌 엄마는 1년에 두어 번 모임 연락을 돌리고 회비를 걷고 장소를 섭외했다. 또 스승의 날에는 선생님 선물을 챙기고 졸업식에는 졸업생 선물을 챙겼다. 회비로 다 소화가 안 될 때는 헬렌 엄마가 말없이 부족한 부분을 채웠다. 그러면서도 생색을 내거나 부담을 주는 법이 없었다. 농담처럼 다들 헬렌 엄마를 키즈클럽 학부모대표라고 불렀고 헬렌 엄마도 적당히 받아들였다. 헬렌은 지난 2월 키즈클럽을 졸업했지만 다섯 살이 된 헬렌의 동생 케이가 3월에 새로 키즈클럽에 입학했으니 엄마들 말처럼 헬렌 엄마가 하던 역할을 계속하면 될 일이었다. 이제 헬렌 엄마가 아니라 케이 엄마 자격으로.

같은 테이블의 6세 반 지나 엄마가 말해준 내용이다. 그러고는 소곤소곤 케이 엄마가 변호사잖아, 하고 덧붙였다. 케이 아빠는 유명 로펌 소속의 변호사이고 케이 엄마도 같은 로펌에 다녔는데 지금은 퇴직한 상태라고 한다. 아이들 때문이다. 뭐든 책임감을 가지고 최선을 다하는 성격이라 육아와 교육도 허투루 하지 않는 것이란다. 물론 언제든 다시 일할 수 있는 전문직이라 할 수 있는 선택이라는 것이 지나 엄마의 생각이었다.

"케이 엄마도 변호사라는 거예요?"

은주가 묻자 지나 엄마가 어이없다는 듯 웃었다.

"같은 로펌에 다녔다니까요."

"아니, 로펌이라고 무조건 변호사는 아니죠. 여러 업무 영역이 있으니까. 회계라든가 경영이라든가, 뭐."

"나 케이 엄마랑 가끔 커피 한 잔씩 하고 그러는 사이예요. 케이 아빠랑 동료였다더라고. 동, 료."

지나 엄마가 은주를 빤히 보았고, 은주는 그냥 입을 다물었다. 여전히 로펌에서 일하는 사람이 변호사만 있는 건 아니라고 생각했지만, 꾸역꾸역 변호사는 아닐 거라고 생각하는 스스로가 이상하기도 했다. 변호사면 어때서. 변호사가 뭐라고.

은주는 케이 엄마를 멍하니 보았다. 분위기의 중심이 케이 엄마에게 있다고 느꼈다. 분명 말하는 사람이 따로 있는데 사람들의 시선은 대부분 케이 엄마를 향했다. 그리고 하늘색 블라우스. 은주도 비슷한 블라우스가 있었다. 케이 엄마의 블라우스는 칼라 깃 사이가 살짝 벌어져 있고 끝이 둥글어 귀여운 느낌을 주는데 은주의 블라우스는 평범한 기본 칼라였다. 명품까지는 아니어도 꽤 고가 브랜드의 옷이라 중요한 일이 있을 때만 아껴 입었는데 지금은 어디 있는지도 모르겠다.

그때 케이 엄마가 은주 쪽을 돌아보았다. 은주는 거의 반사적으로 고개를 숙이고는 아차, 후회했다. 그냥 시선만 피했어도 되는데. 자연스럽게 눈인사를 건네면 가장 좋았겠고. 회사를 그만둔 후로 사람들을 너무 못 만나고 지내서인지 현대인의 생활 매너를 다 잊은 것 같다.

"샐리는 유치원 재밌대요? 올해 개구진 애들이 많이 들어왔다는데."

후식으로 나온 얼린 홍시를 오물거리며 제이크 엄마가 물었다. 혹시 문제의 원아 얘기를 꺼내고 싶은 건가. 은주는 뭐라고 대답해야 어린애 험담이 아니라 정보 교환으로 보일 수 있을까 생각하다 되묻기로 했다.

"샐리는 11월생이라 그런지 아직 애기 같아요. 아무것도 모르더라구요. 제이크는 뭐래요?"

"남자애들은 말 안 해요. 고등학생이나 유치원생이나

아들은 똑같지 뭐."

"네, 그렇죠."

사실 그렇게 생각하지는 않았지만 은주는 대충 대꾸하고 말았다. 궁금은 한데 먼저 말하는 사람이 되기는 싫다, 이거지? 은주도 같은 마음이므로 이해는 하지만 너무 얄팍해 보였다. 이럴 거면 묻지나 말지.

후식 다 먹고 매실차도 마시고 슬슬 정리되는 분위기였다. 내내 담백한 음식을 먹었는데도 갈증이 나서 은주는 물을 또 한 컵 가득 따라 마셨다. 궁금한 것도 많고 알고 싶은 것도 많았다. 하고 싶은 말도 사실은 있었다. 하지만 아무 소득도 즐거움도 없는 모임이었다. 헛헛한 마음으로 세미나실을 나서는데 물을 많이 마셔서인지 화장실에 가고 싶었다. 주변의 엄마들에게 인사를 하고 복도 반대편 화장실로 향했다.

세면대에서 케이 엄마가 손을 씻고 있었다. 은주를 알아보았는지 케이 엄마가 먼저 고개를 까딱여 인사를 건넸다. 은주도 웃어 보였다. 케이 엄마는 어깨에 살짝 스치는 길이의 머리칼을 귀 뒤로 꽂았는데 다 넘긴 것은 아니고 한 움큼 정도 자연스럽게 흘렀다. 은주는 그게 어쩌다 만들어진 스타일이 아니라 섬세하게 손질한 머리라는 것을 알 수 있었다.

　은주가 볼일을 마치고 칸에서 나왔을 때 케이 엄마는 이미 없었다. 허전하고 쓸쓸했다. 케이 엄마가 손을 씻던 자리에서 자신의 머리칼을 손가락으로 슥슥 빗어 넘기며 은주는 케이 엄마를 생각했다. 호감 가는 외모, 단정한 태도, 우아하면서도 편안한 분위기. 그런데 정말 변호사일까.

　새봄이가 위아랫니 네 개씩 여덟 개의 자국이 선명하도록 팔뚝을 물렸다. 은주가 화를 낼 새도 없이 선생님이 먼저 상처를 보여주며 당시 상황을 설명했고, 이후 어떤 조치를 했고 앞으로는 어떻게 사고를 예방할 것인지 안내했고, 울먹이며 사과까지 마쳤다. 정말 정말 너무 죄송해서 고개를 들 수가 없다는 선생님께 은주는 차마 화를 낼 수가 없었다.

　때린 것도 아니고 물다니. 다섯 살이나 된 애들이 친구를 물고 그러나. 은주는 그 이빨 자국을 도저히 이해할 수 없었다. 한 아이가 떠올랐다. CCTV 속 산만하게 유치원 곳곳을 돌아다니던 아이.

　"누가 물었어요?"

　"저희가 그 친구 어머니께도 분명히 말씀드렸거든요.

다시는, 정말 다시는 이런 일 없을 거라고 약속하셨어요. 한 번만 더 이런 일 있으면 원을 옮기든, 아무튼 샐리 어머니 원하시는 대로 한다고요. 그러니까 한 번만, 누군지 묻지 말고 이번 한 번만 저희한테 맡겨주시면 어떨까요?"

은주는 CCTV를 계속 보고 있지 않았던 것을 후회했다. 이후로 한동안 손에서 스마트폰을 놓지 못했다. 온종일 작은 화면 속의 새봄만 지켜봤다. 그러다 몸살 기운이 돌아 감기약을 먹고 잠깐 낮잠을 잤던 날, 하필 그 순간, 이번에는 새봄이 등을 물렸다. 얇은 체육복 한 겹만 입은 상태였고 살점이 조금 떨어져나갔다. 은주가 전화를 받고 병원으로 달려갔을 때 새봄은 소아과 대기실에 앉아 울고 있었다. 의사는 상처 부위가 작고 피도 많이 나지 않았다며 소독하고 재생밴드를 붙여두었으니 금방 아물 거라고 했다. 하지만 아이가 많이 놀란 것 같다며 자다가 경련하지는 않는지 잘 지켜보라고 당부했다.

해열제를 먹어서인지 너무 화가 많이 나서인지 은주는 온몸이 차갑게 식는 것을 느꼈다. 옆에 의사와 간호사가 있든 말든 선생님에게 따지듯 물었다.

"걔죠? 지난번 개. 혼자 교실 돌아다니고 딴짓하고 그러는 애 맞죠? CCTV에서 다 봤어요."

눈을 피하며 어쩔 줄 몰라 하는 선생님에게 은주가 계속 캐물었다.

"그동안 다른 문제는 없었어요? 없었을 것 같지 않은데. 계속 이렇게 유치원에서 감싸주셨어요? 왜요?"

"죄송합니다."

"선생님이 사과하실 일은 아닌 것 같아요."

"죄송합니다. 정말 죄송해요."

새봄이 집에 가자고 보채는 바람에 대화는 그냥 그렇게 끊겼다. 새봄은 오후 내내 잘 웃고 잘 놀고 잘 먹었는데 잘 시간이 되자 칭얼거리기 시작했다. 은주는 새봄을 폭 안고 자장가를 부르며 등을 토닥였다. 새봄은 훌쩍훌쩍하다가 곧 잠이 들었다.

유치원에서는 한 번만 더 이런 일이 발생하면 원하는 대로 처리해주겠노라고 약속했었다. 모든 학부모에게 사고에 대해 밝히라고 할까. 반을 바꿔달라고 할까. 그 아이를 유치원에서 내보내라고 할까. 아직 다섯 살밖에 안 된 아이에게 그렇게 매몰차도 괜찮을까. 잠든 새봄을 내려다보며 고민하고 있는데 담임선생님에게서 문자메시지가 왔다. 그 아이의 엄마가 사과를 하고 싶단다.

하룻밤 지나고 나니 은주의 마음도 조금 가라앉았다. 약속 장소로 천천히 걸으며 몇 가지 상황을 예상해보고 그에 맞는 반응도 준비해두었다. 상대가 상식적인 사람이고 진심으로 사과한다면 주의를 부탁하는 선에서 마무리하겠지만, 적반하장으로 군다면 은주도 강경하게 나갈 작정이었다.

카페에 거의 도착했는데 통창 너머로 낯익은 뒷모습이 보였다. 어깨에 닿을락 말락 하는 밝은 갈색 머리칼. 설마. 은주가 떨리는 마음으로 한 걸음 한 걸음 다가가 창 앞에 서자 여자가 고개를 들었다. 카페의 창을 가운데 두고 두 사람의 눈이 마주쳤다. 바람이 훅 불어와 은주의 긴 머리가 사방으로 날렸다. 구름이 걷히는지 은주를 올려다보던 여자의 얼굴에 순간 햇빛이 쏟아졌고 여자가 눈을 감으며 얼굴을 찡그렸다. 케이였다니. 케이 엄마였다니. 은주의 마음이 쿵 내려앉았다.

은주가 자리에 앉자 케이 엄마가 고개를 꾸벅 숙이며 말했다.

"죄송합니다. 사과드리려고 왔어요. 용서해달라, 한 번만 넘어가달라, 그런 말 하려고 나온 게 아니라 정말 너무 죄송해서요."

케이 엄마는 잠시 말을 잇지 못하고 울먹였다.

"샐리 괜찮은가요? 정말 죄송해요. 샐리가 무서울 것 같아서 일단 오늘은 케이 유치원 안 보냈어요."

"아니, 뭐, 그렇게까지……."

케이 엄마는 원하는 조치가 있다면 뭐든 얘기해달라고 말했다. 정작 이렇게 나오니 되레 은주가 미안해졌다. 더듬더듬 괜찮다고, 앞으로 이런 일 안 생기게 주의하자고, 내일부터 케이 유치원 보내시라고 말해버렸다. 그러자 케이 엄마가 옆자리에 둔 쇼핑백을 테이블 위에 올렸다.

"어떻게 받아들이실지 몰라서, 드려도 될까 계속 고민했어요."

은주는 뭐가 들었는지 모르는 쇼핑백을 받을 수도 밀어낼 수도 없었다. 케이 엄마와 쇼핑백을 번갈아 보는데 케이 엄마가 말했다. 티셔츠예요. 비싼 선물이 아니니 부담 갖지 말라는 뜻인 듯했다. 셔츠를 하나 사려고 단골 인터넷 쇼핑몰을 둘러보다가 엄마와 딸의 커플티가 눈에 띄었단다.

"케이 데리러 갔다가 샐리 몇 번 봤거든요. 이 옷 보는데 샐리 생각이 딱 나는 거예요. 정말 다른 뜻은 없어요."

백화점 명품관만 갈 것같이 생겼는데 옷을 인터넷으로 산다니. 은주는 케이 엄마가 갑자기 친근하게 느껴졌다. 받아도 될지 모르겠다, 샐리 생각해주셔서 감사하다, 언제 밥이나 한번 먹자고 인사하고 훈훈한 분위기에서 자리를 마무리했다.

카페를 나서며 케이 엄마가 은주에게 어디로 가느냐고 물었다. 은주가 동아1차에 산다고 대답하자 케이 엄마가 자신도 동아1차에 산다며 반가워했다. 하지만 반가운 건 잠깐이고 친하지도 않은 사이에 좁고 시끄러운 대로변 인도를 나란히 걸으려니 어색하고 불편해 은주는 내내 도망가고 싶었다. 대로를 벗어나 주변이 조용해지자 케이 엄마가 은주에게 물었다.

"근데 우리 예전에 어디서 만난 적 있지 않아요?"

"네?"

"나는 샐리 엄마가 되게 낯이 익은데. 이 근처에 계속 사셨어요?"

"아니요. 결혼하면서 이사 왔어요."

"그러셨구나."

그리고 또 잠시 어색한 침묵. 이번에는 은주가 말했다.

"저는 85예요."

"저는 86이긴 한데 빠른 86이라 85하고 학교는 같이 다녔어요."

"그럼 뭐, 거의 동갑이네요."

"그러게요."

"뭐 어디서 만났을 수도 있겠네요."

"그러게요."

102동 앞에 도착해 은주가 말했다.

"저는 다 왔어요."

케이 엄마는 고개를 들어 102동을 한번 올려다보더니 조심히 들어가시라고 인사했다. 케이네는 더 가야 하나 보다. 단지 입구 쪽에 작은 평형이 모여 있고 안으로 들어갈수록 넓은 평형이다. 은주는 *그런* 생각을 하는 자신이 한심했다.

"저기, 샐리 엄마!"

케이 엄마가 공용 현관 비밀번호를 누르는 은주를 불러 세웠다. 그리고 한 걸음 앞으로 다가와서는 입술을 뜯으며 머뭇거렸다. 은주가 물었다.

"뭐, 하실 말씀 있으세요?"

"혹시요."

"네."

"미진여고 나오셨어요?"

은주는 순간 관자놀이에서 와사삭 얼음 조각들이 터지

는 기분이 들었다. 살점이 뜯기도록 물린 새봄 앞에 섰을 때처럼 서늘한 기운이 몸을 훑고 내려갔다.

"미진여고 나오셨어요?"

은주도 똑같이 물었고 케이 엄마는 묘한 미소를 지으며 맞구나, 혼잣말을 하더니 꾸벅 인사하고는 총총 뛰어서 멀어졌다. 은주는 찰랑이는 케이 엄마의 갈색 머리칼을 보며 한참 서 있었다.

책장을 거의 엎다시피 했는데 졸업 앨범이 보이지 않았다. 은주는 새봄이 올 때까지 앨범을 찾다가 밤에 새봄을 재워놓고 또 집 안을 구석구석 뒤졌다. 앨범은 책장 위, 새봄의 어린이집 활동 파일과 보험증서 같은 것을 모아놓은 상자 안에 들어 있었다.

단톡방에서 케이 엄마의 프로필을 눌러보니 '헬렌&케이맘_이서영'이라고 이름을 등록해두었다. 앨범 뒤편의 주소록을 펼쳐 '이서영'을 찾았지만 없었다. 은주는 1반부터 페이지를 넘기며 다시 살폈는데 이서영이라는 이름도 케이 엄마로 보이는 얼굴도 없었다. 앨범을 덮고 눈을 감은 채 케이 엄마의 얼굴을 떠올렸다. 그리고 다시 첫 페이지, 첫 번째 사진부터 하나하나 꼼꼼히 확인하기 시작했다. 그러다 6반에서 자신의 사진을 발견했다. 당황스러울 만큼 이목 구비며 분위기가 지금과는 많이 달랐다. 그러자 약간 포기 하는 심정이 되었다. 내 사진도 알아보기 힘든데 남의 사진 을 알아볼 수 있을까. 게다가 거의 20년 전 사진을.

은주는 오히려 조금 편안해진 마음으로 같은 반 친구들 의 사진을 보며 추억에 잠겼다. 얘는 눈썹칼을 가지고 다니 면서 반 애들 눈썹을 다 다듬어주었던 애, 얘는 점심 먹으 면서도 문제집을 풀던 애, 얘는 배우 되겠다고 매일 오디션 보러 다녔던 애…… 같은 해에 태어나 비슷한 지역에 살며 같은 옷을 입고 같은 교실에서 하루를 보내던 아이들. 지금 은 다 어디서 어떻게들 살고 있을까. 은주는 대부분 자신처 럼 아름답지도 슬프지도 않은 일상을 살아내고 있을 거라 고 생각했다. 그리고 궁금했다. 이 애들은 지금 행복할까?

마지막으로 7반의 졸업 사진들을 살피는데 학생 하나 가 눈에 확 들어왔다. 친했던 친구는 아니다. 3학년 첫날 쌍 꺼풀 수술을 하고 나타났는데 수술 자국이 너무 짙고 선명 해서 전교생에게 각인되어버린 아이다. 선생님들이 이름 대신 쌍꺼풀, 쌍꺼풀, 부르며 그 친구의 머리를 쥐어박곤 했 다. 고3이 공부할 생각은 안 하고 쌍꺼풀 수술이나 하고! 졸 업 사진에도 수술 흔적이 역력했다. 퉁퉁 부은 눈과 젖살이

통통한 양 볼, 그보다 더 통통한 표정. 이름이 이, 자, 영. 맞아, 애 이름이 이자영이었지.

한참 이자영의 사진을 보는데 이상하게 슬프고 억울했다. 뭐지, 이 마음은. 이, 마음은. 그리고 이 눈, 코, 입매, 턱선은 뭐지. 이 익숙한 사람은 누구지? 이자영, 이자영, 이자영…… 이, 서영? 은주는 팔다리에서 힘이 쭉 빠져나가는 것을 느꼈다. 케이 엄마다. 케이 엄마가 그때 그 쌍꺼풀이었구나. 알아채고 보니 분명하게 보였다.

은주는 덜덜 떨리는 두 팔로 앨범을 끌어안고 주방으로 나왔다. 식탁에 앨범을 올려놓고 냉장고에서 캔맥주 하나를 꺼내 급히 땄다. TV를 보던 용근이 은주 쪽을 돌아보며 맥주 마셔? 하고 물었다. 은주는 식탁에 기대어 선 채로 맥주를 꿀꺽꿀꺽 넘기고는 뒤늦게 응, 대답했다. 용근이 가볍고 빠른 발걸음으로 식탁으로 뛰어왔다. 어깨를 들썩이고 콧노래까지 부르며 냉장고에서 맥주를 한 캔 꺼내고 선반에서 견과 한 봉지를 꺼냈다. 은주는 용근의 맞은편 의자를 빼고 앉아 졸업 앨범을 펼쳤다. 이자영의 사진을 손가락으로 가리키며 물었다.

"애 어때 보여?"

용근은 앨범을 당겨 사진을 들여다보다가 물었다.

"쌍꺼풀 수술 한 거야?"

"응. 그래서 별명이 쌍꺼풀이었어."

"되게, 되게 뭐랄까, 세게 생겼네."

용근은 검지로 자신의 미간을 꾹꾹 누르면서 인상을 찌푸렸고, 은주는 이자영에 대한 몇 가지 소문들을 떠올렸다. 이자영이 다른 학교 여학생들과 시비가 붙었는데 이자영의 남자친구가 달려와 상대 여학생들을 죄다 패준 적이 있다. 이자영은 학생이라 어찌어찌 넘어갔는데 남자친구는 형사처벌을 받았다고 들었다. 서른도 넘은 성인이었기 때문이다. 동네 건달이다, 노래방 사장이다, 말이 많았다. 아, 노래방을 하는 건 이자영네 엄마랬나. 아, 노래방에서 일하는 게 이자영이랬나. 이자영은 눈썹을 아주 가늘게 밀고 다녔다. 크흐흠, 하고 가래를 끌어 올려 뱉는 모습을 본 적도 있다. 그때 은주는 역시 무서운 애구나 생각했었다.

"유치원 엄마더라고."

"우와. 세상 좁네."

"변호사라는 게 말이 돼? 얘가?"

"변호사래?"

"그냥 소문이야."

"근데 쌍꺼풀 수술이랑 변호사인 거랑 상관없지 않나."

"자기가 몰라서 그래. 얘가 고등학교 때 어땠는지."

"친했어?"

"그건 아닌데……."

은주는 남은 맥주를 단숨에 마셨다. 학부모 총회 날 그랬던 것처럼 계속 갈증이 났다. 변호사인 건, 그래, 알 수 없다고 치자. 나머진 사실이다. 이자영은 대형 로펌 소속 변호사와 결혼해, 은주보다 더 넓은 평형에 살며, 두 아이를 모두 비싼 영어유치원에 보낸, 우아하고 성실하고 경우 바른 엄마가 되었다. 그때 그 쌍꺼풀이. 은주는 케이 엄마에게 혼자 느꼈던 호감마저도 수치스러웠다.

새봄은 무심코 웁스, 쌩큐, 굿 잡, 엑설런트, 같은 말을 뱉었다. 그러다가도 은주가 영어로 말을 걸거나 인사를 하면 고개를 갸우뚱하며 대답하지 않았다. 영어유치원에 다닌다는 사실을 알고는 할머니 할아버지가 종종 새봄이 영어 한번 해보라고 했지만, 그럴 때도 굳게 입을 다물었다. 딱히 영어 실력이 느는 것 같지는 않았지만 영어만 생각하고 보낸 건 아니니 상관없었다.

새봄은 같은 반 엠마와 친해져서 발레를 함께 다니게 됐고, 은주는 제이크 엄마와 친해져서 종종 오전에 커피를 마셨다. 친해지고 나서야 제이크 엄마는 케이에 대한 불만을 털어놓았다.

"케이 엄마 입김 아니었으면 유치원에서 케이를 그렇게 그냥 뒀겠어? 말을 말자. 내가 이렇게 억울한데 샐리 엄마는 오죽하겠니."

"케이 치료받아야 할 것 같지 않아요? 같은 엄마로서 저렇게 둬도 되나, 병원은 가봤나, 너무 걱정되더라고요."

"자기는 마음도 좋다. 지금 케이 걱정할 때야?"

"샐리는 이제 상처도 다 아물고 괜찮으니까요. 근데 언니, 혹시, 케이 엄마 있잖아요……."

은주는 묻고 싶었다. 알고 싶고, 확인하고 싶고, 넌지시 말하고 싶었다. 그런데 끝내 입이 떨어지지 않았다.

"케이 엄마가 왜? 뭐?"

"음, 그러니까, 모르고 있는 건 아니겠죠? 케이 상태에 대해서?"

"믿고 싶지 않을 수는 있지. 인정하고 싶지 않거나. 부모가 둘 다 그렇게 잘났는데. 케이 누나도 엄청 똑똑하고 야무진가 봐."

은주는 더 말하지 않았다. 케이 엄마의 비밀을 혼자만 알고 있다는 사실이 짜릿하기도 답답하기도 했다. 다만 한

가지 이해되지 않는 것은 케이 엄마가 먼저 미진여고 졸업생이라는 사실을 밝혔다는 점이다. 그러다 은주가 정말 동창이라면, 자신을 기억해내면 어쩌려고 그랬을까. 부끄럽지도 않나.

그리고 채 한 달이 지나지 않아 케이가 또 새봄을 물었다. 이번에는 목덜미 아래 승모근 부분이었고 발레복을 입으면 이빨 자국이 선명하게 드러났다. 새봄의 뒷모습을 보고 발레 선생님이 놀라 비명을 질렀다.

케이를 유치원에서 내보내달라고 말하자 원장은 안절부절 어쩔 줄을 몰라 했다. 분명 한 번만 더 이런 일이 생기면 원하는 대로 해준다고 했었다. 원장이 먼저 그렇게 말했다. 벌써 세 번째다. 은주는 이 정도 상황이라면 요구해도 된다고 생각했다.

"놀이치료 받고 있대요."

원장은 묻지도 않은 대답을 했다. 케이가 놀이치료를 받으면 뭐? 그럼 새봄이 물렸던 일이 없던 일이라도 되나? 은주는 화가 났지만 계속 새봄을 유치원에 보내야 하는 입장이라 원장과 감정이 상해봤자 좋을 건 없었다. 샐리가 불안정한 상태다, 아직도 밤이면 경련을 하거나 울면서 깬다,

나도 케이가 안타깝다, 하지만 피해 아동의 안정이 우선 아니냐, 라고 최대한 케이를 깎아내리지 않는 선에서 의견을 전했다. 그래도 원장은 머뭇거리기만 했고 은주가 물었다.

"선생님, 혹시 제가 모르는 다른 사정이 있나요?"

케이 엄마에 대한 얘기를 할 줄 알았다. 두 아이를 모두 믿고 보내주신 분이고, 유치원 일에 누구보다 관심을 가지고 협조해주신 분이고, 그간의 신뢰와 애정이 있어서 차마 나가라고 할 수 없다는 그런 말들. 그런데 원장은 예상 밖의 이유를 댔다.

"이 동네 엄마들이 말이 좀 많잖아요."

"네?"

원장 모임에 나가서 얘기를 들어보면 유독 서영동 엄마들이 잘 모이고, 그러다 보니 뒷말도 많고, 요구사항도 많다는 것이다. 교육열이 더 높다는 동네도 안 그렇고, 전업 엄마들이 많은 동네도 안 그렇다는데 이유를 모르겠단다. 말하면서 원장은 샐리 어머니는 *그런* 엄마들하고 안 어울려서 잘 모르시겠지만, 하고 은주와 *그런* 엄마들 사이에 선을 그었다. 기분이 나쁘기도 좋기도 했다.

"다 곤란해질 거예요. 저희도, 케이도, 그리고 샐리도요. 잘못한 거 없어도 그렇더라고요. 그러니까 사람들 입에 오르내릴 상황을 만들지 말자는 거죠."

은주는 잠시 흔들렸다. 여자애네 엄마가 남자애를 내보내라고 그랬다며? 아무리 그래도 어린애한테 뭐 그렇게까지 해? 애들이 원래 싸우면서 크는 거 아니야? 여자애들은 툭하면 울고 이르고 아주 골치가 아프다니까? 그런 말들이 귓가에 들리는 듯했다. 견딜 수 있을까. 그 숱한 뒷말과 지레짐작, 헛소문, 비난들을. 그렇다고 새봄의 상처를 그저 보고 있을 자신도 없었다. 게다가 그게 케이, 이자영의 아들에 의한 것이라면.

"케이 엄마한테 전해는 주세요. 샐리가 많이 힘들어한다고."

유치원에 온 김에 은주는 창 너머로 새봄이네 교실을 몰래 들여다보았다. 방금 힘들어한다고 말한 게 무안할 정도로 새봄은 까르르까르르 웃으며 옆자리 친구와 색종이로 뭔가를 만들고 있었다. 케이는 보이지 않았다. 고개를 좀 더 쭉 빼고 교실을 살폈지만 장난감 앞에도 창문 앞에도 없었다. 오늘 케이가 안 왔나. 그때 교실 앞 의자에 앉은 담임과 그 무릎에 앉은 케이의 모습이 보였다. 둘이 함께 색종이를 접고 있었다. 도대체 케이한테 왜 저렇게 각별한 건데? 저런 애정은 우리 새봄이한테 쏟아야 하는 거 아니야?

한숨을 쉬며 유치원을 나서는데 성격 급한 제이크 엄마에게서 전화가 왔다.

"무슨 얘기 했어? 원장이 뭐래? 어떻게 하기로 했어?"

"샐리 요즘 어떻게 지내는지, 뭘 힘들어하는지, 그런 얘기 했어요. 남의 자식 얘기 해서 뭐해요. 제가 유치원 그만 둬라 마라 할 것도 아니고."

"그래, 잘했어. 케이 엄마가 그동안 귀찮은 일, 돈 드는 일, 다 챙겼는데 케이 나가봐. 그거 누가 해? 케이 나가는 거 엄마들 아무도 환영 안 할걸?"

은주는 화낼 기운도 없었다. 이제 운전해야 한다고 대답하고 먼저 전화를 끊었다.

저녁 동안 케이 엄마에게 몇 번이나 전화가 왔지만 은주는 받지 않았다. 그러자 케이 엄마는 미안하다, 사과하려고 전화했다, 원한다면 케이가 유치원을 옮기겠다고 톡을 보내왔다. 은주는 여기에도 답을 하지 않았다. 정작 케이가 유치원을 그만둘 수도 있다고 생각하니 원장과 제이크 엄마가 했던 말들이 떠오르며 마음이 복잡해졌다. 늦도록 잠이 오지 않았다.

다음 날 아침, 은주가 새봄을 등원시키고 나오는데 건

몰 입구에 케이 엄마가 있었다. 자신에게 전화를 걸고, 메시지를 보내고, 무작정 기다리며 서 있는 케이 엄마의 모습에 왜인지 은주가 서러웠다. 케이 엄마가 섰던 자리에 서서 케이 엄마가 보던 거울을 들여다보던 총회 날의 자신을 기억한다. 은주는 그때의 자신이 지금의 케이 엄마 같았을까 생각했다.

커피 한잔하자는 케이 엄마에게 은주는 바쁘다고 대답했다. 그럼 편의점 앞 파라솔에 앉아서 잠깐만 얘기하자는 것도 거절했다. 케이 엄마의 입꼬리가 떨렸다. 그리고 낮게 중얼거렸다.

"내가 무슨 죽을죄라도 지은 것 같네."

은주는 헛웃음이 나왔다.

"그래. 이게 이자영이지."

깊게 생각하고 뱉은 말은 아니었다. 불쾌하긴 했지만 이런 식으로까지 말할 생각은 아니었다. 은주는 너무 후회됐지만 그렇다고 사과하기도 싫어 그냥 팔짱을 끼고 시선을 피했다. 케이 엄마는 아랫입술을 깨물며 목울대가 출렁이는 것이 다 보이도록 침을 꿀꺽 삼키더니 은주에게 물었다.

"이자영이 어떤데? 어떤 게 이자영인데? 너 이자영이

랑 친했어? 나는 고등학교 때 너랑 한 번도 말해본 기억이 없는데?"

흥분해 말하다 말고 이자영은 갑자기 고개를 푹 숙였다.

"아니다. 미안해. 사과하려고 온 건데."

은주는 케이 엄마에 대한 자신의 감정 변화를 스스로도 이해하기 어려웠고 조금 피곤했다. 케이 엄마, 혹은 이자영을 향한 결이 다른 여러 마음들을 이제 모두 접고 싶었다.

"알겠어. 그만하자."

"그래. 미안해. 그만하자. 그런데 그 말들 다 사실 아니야. 고등학교 때도, 지금도. 너무, 너무 지겨워. 지긋지긋해."

지긋지긋하기는 은주도 마찬가지였다. 샐리 엄마도, 새봄 엄마도, 그런 여자들 중 하나로 보이지 않으려 애쓰는 생활도, 그런 여자들을 둘러싼 말들도, 오해도, 적의도, 정말 지긋지긋했다. 그래서 어쩌란 말인가. 대체 그런 여자는 어떤 여자고 그렇지 않은 여자는 또 어떤 여자인데.

은주는 자영아, 해야 할지 서영 씨, 해야 할지 잠깐 고민하다가 케이 엄마, 하고 불렀다.

"이제 그만해. 나한테 연락하고 찾아다니면서 사과하

고 비굴하게 그러는 거 그만했으면 좋겠어. 케이 내보내라고 안 해."

은주는 케이 엄마의 대답을 듣지 않고 돌아섰다. 생협에 들러 가지와 애호박과 유기농 사과주스를 사서 동아1차 아파트 102동으로 들어서며, 그런데 이자영은 몇 동에 살까, 문득 궁금했다.

다큐멘터리 감독 안보미

5 ‹ 101 › 6

"오늘도 사람이 아니라 카메라가 먼저 들어오네."

"우리 딸 왔어? 강 서방은?"

보미는 뷰파인더로 부모님을 보면서 대답했다.

"지금 오는 중. 회사에서 나왔다고 한 지 한참인데 아직도 지하철이라네."

"강 서방 고생이네. 요즘 그렇게 성실한 사람 없다. 우리 딸이 남자 하나는 진짜 잘 골랐어."

아버지가 한껏 인자한 얼굴로 말했다. 학창 시절, 아버지가 무섭다거나 서로 말도 하지 않는다는 친구들이 많았는데 보미는 아니었다. 보미의 아버지는 남매에게 늘 다정하고 유머러스했다. 어떤 실수를 해도 감싸주었고 아무리 말 안 되는 소리를 해도 일단 끝까지 들어주었다.

고3이 되어서 갑자기 미대에 가겠다고 했을 때도, 재수하며 미술을 그만두었을 때도, 철학과를 가겠다고 했을 때도, 계속 방송사 공채에 떨어질 때도, 그러다가 직원이 두 명뿐인 프로덕션에 계약직으로 들어갔을 때도, 너무 어린 나이에 직업도 없는 남자와 결혼한다고 했을 때도 아버지는 한결같이 보미를 믿고 응원해주었다. 다짜고짜 카메라를 들이댔을 때도 그랬다. 엄마는 자세한 내용도 모르면서 카메라 싫다, 촬영 싫다, 방송 싫다고 기겁했는데 아버지는 역시 내용도 모르면서 오케이, 했다.

"보미가 우리한테 뭐 나쁜 거 하겠어? 필요 없는 거 하겠어? 당신은 듣지도 않고 무조건 싫대?"

보미는 아파트에 관한, 사실은 아버지에 관한 다큐멘터리를 찍을 생각이었다.

언론고시 스터디 멤버들을 오랜만에 만났다. 공중파 PD로 일하는 언니가 독립해 집들이를 했는데, 모이고 보니 여섯 명 중 지금 방송이나 영상 관련 일을 하는 사람은 그 언니뿐이었다. 어렵게 업계로 취직했지만 격무에 시달리다 나가떨어진 사람도 있고 공채에 몇 번 떨어진 후 빠르게 진로를 변경한 사람도 있다.

보미는 각종 홍보 영상을 제작하는 작은 프로덕션에 오

래 다녔다. 주로 드라마 현장을 따라다니며 메이킹 필름을 촬영하고 간단한 인터뷰나 이벤트 영상 찍는 일을 했다. 촬영본과 자료 영상들을 편집해 방송사 공식 홈페이지와 포털 사이트 드라마 페이지, 유튜브 채널 등에 올리기도 했다. 현장도 활기차고 주도적으로 아이디어를 낼 수 있는 분위기도 좋았다. 하지만 아무리 해도 '내 작품'이라는 생각이 들지 않았는데 그건 꽤나 갈증 나고 허무한 일이었다.

프로덕션을 나와 다시 공채 준비를 시작한 것이 1년 전이다. 나이도 많고 내세울 만한 경력도 없지만 대부분의 방송사가 블라인드 채용을 하니 그런 조건들은 사실 상관없었다. 하지만 예전보다 더 절실하고 더 열심히 하는데도 성과가 없었다. 보미는 점점 자신이 없어졌고 묵묵히 모든 집안일과 경제활동을 감당하는 남편을 볼 면목도 없었다. 기약 없이 절망의 시간을 보내고 있었다.

목이 따갑도록 맥주를 단숨에 들이켜고 보미가 한탄하듯 물었다.

"언니, 도대체 공채는 어떻게 해야 합격하는 거야?"

다들 의아한 눈으로 보미를 돌아봤고 PD 언니가 되물었다.

"다시 공채 준비해?"

보미가 고개를 끄덕였다.

"우리 엄마 아빠한테 텔레비전에 내 이름 자막 지나가는 거 한번 보여드리고 싶어서. 언니, 나한테는 그게 왜 이렇게 어렵지?"

언니는 잠시 생각하더니 조심스럽게 자기가 속한 다큐멘터리 팀에서 폭넓게 외부 작품을 받고 있다고 말했다. 더빙과 음악, 효과 같은 것까지 완벽하게 마무리하지 않아도 된단다. 완성된 영상을 그대로 트는 경우도 있지만 가편집본을 가지고 함께 후반작업을 해서 방송하는 경우가 더 많다며 아이템이 얼마나 신선한지, 또 취재가 얼마나 잘되었는지가 중요하다고 했다.

"촬영이나 조명 상태는 못 낼 정도만 아니면 돼. 어느 정도 후작업이 가능하기도 하고. 근데, 왜, 그런 거 있잖아. PD들은 못 찍는 거. 자기 얘기, 내부에서 당사자의 시선으로 생생하게 담아내는 그런 거, 살아 있는 거, 현장, 맨얼굴, 속마음, 진짜 목소리. 그런 콘텐츠에 늘 목말라 있거든."

그때 보미의 눈앞에 어떤 장면이 떠올랐다. 아파트 입구에 '서영동에는 임대아파트가 아니라 도서관이 필요합니다!' 플래카드를 달던 아버지의 뒷모습.

서영동은 보미의 아버지가 상경해 처음 자리 잡은 동네다.

　"그때 여기가 다 판잣집이었어. 저기에 설탕 공장, 그 옆에 아빠 다니던 연탄 공장, 그 앞으로 하천. 하천 변에 두루미도 날아다니고 그랬지."

　"에이, 거짓말. 서울 한복판에 무슨 두루미야."

　"진짜야. 여기 낚시꾼들도 가끔 왔었어. 아빠도 팔뚝만 한 붕어 한 번 잡았는데?"

　"차라리 인어가 살았었다고 그래. 그럼 재밌기나 하겠다."

　술기운이 적당히 오르면 아버지는 늘 서영동 옛 풍경을 읊었다. 사실 보미는 수백 번도 넘게 들어 태어나기도 한참 전인 그 시절 서영동 지도를 그릴 수 있을 지경이지만, 촬영 때문에 다시 질문한 것이다. 아버지는 지겨워하지도 않고 눈을 반짝이며 똑같은 레퍼토리를 반복했다.

　보미는 아버지와 함께 지금 부모님이 거주하는 서영동 현대아파트에서 출발해 이전에 살았거나 소유했던 집들을 찾아다녔다. 아버지의 설명은 대부분 여기가 옛날에는, 으로 시작했다. 좋아졌다, 좋아졌다, 세상 좋아졌다고 내내 감탄했다. 그때는 부족하고 불편하고 위험했다면서도 희망과

낭만이 있던 시절이라는 말을 덧붙였다. 카메라 너머로 보이는 아버지의 표정은 여유롭고 온화했다.

촬영 덕분에 아버지와 단둘이 점심도 먹었다. 백은빌딩에 수제 햄버거 집이 생겨 가봤는데 아버지는 고기가 부드럽다, 빵이 고소하다, 버터 향이 좋다며 연신 엄지를 들어 보였다. 햄버거를 안 좋아하시는 줄 알았다. 그러고 보니 보미에게 처음 햄버거를 사준 사람이 아버지였다. 서영역 앞 롯데리아에서 이렇게 마주 앉아 햄버거를 먹었지. 보미는 문득 콧잔등이 시큰해졌다.

백은빌딩에서 나오다가 예정에 없이 1층 부동산 중 한 곳에 들어갔다. 지긋한 사장님이 자신도 동네 토박이라고 반가워했다. 카메라에도 전혀 거부감이 없었다. 오히려 잘 찾아왔다며 한쪽 벽을 꽉 채운 서영동 지도 쪽으로 보미를 이끌었다. 사장님의 설명도 아버지와 비슷했다.

"우성이랑 현대아파트 자리가 주택가였고 위쪽은 다 무허가 판잣집, 이 길 따라서 시장, 여기에 지금도 서영초등학교 있잖아? 내가 서영국민학교 1회 졸업생이야. 그때는 저 하천 앞이 다 논이었지. 논자리로 나중에 공장들이 들어왔고."

그때 아버지가 불쑥 끼어들었다.

"거기 연탄 공장 있었잖아요. 제가 젊어서 그 공장 다녔어요."

"엉? 우리 동생도 거기 다녔는데? 선생님은 몇 년도에 다니셨어요?"

"저는 오래 다녔죠. 1979년부터 해서 거의 20년 다녔어요."

"그래? 그럼 우리 동생 알겠는데? 김영수. 58년 개띠 김영수."

"아, 글쎄요. 그때 김영수가 몇 명 있긴 있었는데."

"맞어. 영수가 흔했지. 김영수가 엄청 흔한 이름이었어."

사장님의 동생은 3년도 채 일하지 못했다고 한다. 일이 고되고 사람들도 거칠었다는데 어떻게 20년을 버텼냐며 대단하다고 아버지를 추켜세웠다.

아버지에게는 내 집 마련이라는 목표가 있었다. 기숙사가 감옥처럼 느껴졌다고 한다. 공장에서는 판잣집 쪽방에다 큰 청년들을 대여섯 명씩 몰아넣고 공동 수도와 공동 화장실을 몇십 명이 함께 쓰도록 했다. 하수구가 막히지 않은 날이 없고 화장실은 언제나 구역질 날 정도로 엉망이었다. 아버지는 얼른 그곳에서 벗어나고 싶었다.

어리고 철없는 동료들이 술에 여자에 도박에 정신이 팔려 있을 때 아버지는 누구보다 성실하게 일하고 악착같이 저축했다. 쪽방 기숙사에서 단칸 전세방으로, 낡은 주택 매매로, 신축 아파트 분양으로 차근차근 보금자리의 수준을 향상시켰다. 아버지의 외벌이 소득은 도시 근로자 평균 수준이었지만 부동산 투자를 통해 성공적으로 자산을 불릴 수 있었다. 지금 아버지는 서영동에 45평과 34평 아파트 각각 한 채와 디지털단지 인근에 일곱 가구가 입주해 있는 원룸 건물 하나를 소유하고 있다.

길고 피곤한 서울 유람을 마치고 돌아오는 차 안에서 아버지가 말했다.

"자수성가라는 말 있잖아? 스스로 자, 손 수, 이룰 성, 집 가. 자기 손으로 집을 이루었다. 그게 딱 아버지 인생이야. 아버지가 스무 살에 빈손으로 서울 올라와서 집도, 건물도, 이 차도, 다 아버지 노력으로 만든 거야."

보미는 아버지가 검소하고 성실하고 영리한 어른임을 부정하지 않는다. 하지만 고도성장기의 대한민국을 살았던 운 좋은 기성세대라는 것도 사실이라고 생각한다.

지금처럼 규제가 촘촘하지 않고 취득, 양도, 보유에 따르는 세금 부담도 거의 없던 시절, 아버지는 투기에 가까운

횟수와 방식으로 부동산을 끊임없이 사고팔았다. 분양받은 아파트에서 도보 10분 거리에 지하철역이 생겼고, 잘 팔리지 않아 애물단지던 아파트 건너편에 백화점이 들어왔고, 시끄러운 것이 유일한 단점이던 아파트 앞 대로가 지하화되었고, 큰 욕심 없이 구입한 빌라 인근에 대규모 디지털단지가 조성되었다. 운도 좋았고 건설 경기가 호황이기도 했다. 이후 빌라를 원룸 건물로 리모델링해 월세를 놓았는데 디지털단지에 젊은 직장인이 많아 공실 한 번 없이 지금까지도 집안의 안정적인 수입원이 되고 있다. 아버지에게 집은 뭘까. 아파트는 뭘까.

보미의 첫 기억은 베란다에서 비눗방울을 불던 일이다. 아직 유치원도 다니기 전, 그러니까 네댓 살쯤이었다. 여름이었고 엄마는 청치마를 입고 있었다. 청치마라니. 그때 엄마는 지금의 보미처럼 젊었다.

보미와 엄마는 베란다 새시를 열고 방충망도 살짝 열고 창밖으로 비눗방울을 날려 보냈다. 비눗방울만 겨우 통과할 수 있을 정도로 창을 조금 열어놓고도 엄마는 쭈그려 앉은 보미의 허리를 한 팔로 끌어안았다. 빨대 끝에 입을 대고 부는 방식의 흔한 비눗방울 도구였는데 엄마는 그것도 불안했는지 여러 번 과도하게 주의를 주었다.

"바람개비 불듯이 후우 하고 부는 거야. 빨아들이면 절대 안 돼! 비눗물 먹으면 죽어! 알았지?"

그리고 또 몇몇 장면들이 기억난다. 창밖으로 훅 날아올랐다가 둥둥 서서히 가라앉던 비눗방울들. 보라색으로 분홍색으로 어른거리던 테두리. 틈새를 통과하지 못하고 난간에 닿아 펑 터지던 커다란 방울 하나. 그 비눗물이 보미의 손에 튀며 순간 시원해지던 느낌.

부모님과 가족 앨범 보는 장면을 촬영하는데 청치마를 입은 엄마 사진이 나왔다. 어딘지 모르겠는 커다란 나무 아래에 서서 한 손으로 갓난아기인 동생을 안고 다른 손으로 보미의 손목을 붙든 젊은 엄마. 눈이 부신지 셋 다 인상을 잔뜩 쓰고 있다. 보미는 엄마에게 베란다에서 비눗방울 불었던 일이 기억나느냐고 물었다.

"베란다? 그런 적이 있어? 글쎄, 왜 그랬을까?"

"내가 다섯 살 정도였어. 그때 엄마가 이 청치마를 입고 있었거든."

엄마는 사진으로 손을 뻗어 청치마 부분을 손가락으로 문질문질하더니 바람 빠지는 소리 비슷하게 웃었다. 그러고는 곰곰 생각하다가 대답했다.

"다섯 살이면 너 반깁스했을 땐가 보다. 우리 우성 살 때."

"내가 반깁스를 했었어?"

"우성 놀이터 미끄럼틀이 좀 높았잖아. 너는 쪼끄만 게 맨날 거꾸로 올라가고 계단에서 뛰어내리고. 그러다가 접질려서 반깁스했잖아, 한여름에. 그러고도 깽깽이걸음으로 뛰고 까불고 자전거 타겠다고 떼쓰고."

엄마는 말하며 고개를 절레절레 저었다. 신중하고 얌전하던 동생과 달리 보미는 매사 서두르고 겁 없이 덤비다가 다치는 일이 많았다. 부수고 깨뜨리고 망가뜨리기도 잘했다. 앨범 속 어린 보미의 무릎과 팔꿈치에는 온통 피딱지가 앉아 있다. 아니면 얼굴에 밴드를 붙였거나 손에 붕대를 감았거나 눈두덩에 피멍이 들었거나.

그 시절, 사진은 일상을 기록하기보다 특별한 날을 기념하기 위한 것이었다. 한껏 꾸민 옷차림, 어색할 정도로 활짝 웃는 얼굴, 빠지지 않는 V자 손 모양 같은 것들. 그런데 보미의 아버지는 아무 날도 아니고 아무 일도 없는 순간에 셔터를 누르곤 했다. 앨범에는 어린 보미의 일상과 성장이 고스란히 담겨 있었고 엄마가 쉴 새 없이 기억을 풀어냈다.

여기 주공 놀이터네. 너 이 그네에서 떨어져서 팔 부러

졌었잖아. 여기는 현대 같다. 왜 엘리베이터 거울에 셋밖에 안 보이는지 알아? 너는 엘리베이터보다 먼저 내려간다고 맨날 계단으로 뛰어갔거든. 아, 우성아파트 분수대! 하여간 너는 겁도 없이 여기 첨벙첨벙 잘 들어갔었어. 이 베란다 텃밭 기억나? 대림 3층 살 때였지, 아마? 저층 살아서 좋았던 건 네가 실내화나 체육복 놓고 나가면 베란다에서 던져줄 수 있어서. 또 아무도 없는 농구장에서 자전거 연습하는 사진, 옆집들과 친해져 복도에 돗자리 펴놓고 다 같이 수박 잘라 먹는 사진, 우리 베란다 난간까지 타고 올라온 1층 집 베란다의 나팔꽃 사진, 아파트 장에 온 바이킹을 타고 함빡 웃는 보미와 울고 있는 동생의 사진……. 엄마가 앨범을 넘기며 중얼거렸다.

"우리 앨범에 서영동 아파트 변천사가 다 있네."

가족은 이사를 많이 다녔다. 부모님은 임대료보다는 시세 차익으로 자산을 불리는 쪽이었다. 여유 자금도 없고 세금 부담도 있어서 거주용 부동산과 투자용 부동산을 구분하여 운용하기는 어려웠다. 분양받고, 낙찰받고, 매매한 집으로 가족 모두가 열심히 옮겨 다녔다. 그래도 다행이라면 거의 서영동 안에서 움직였다는 것이다. 보미는 전학도 딱한 번 했다. 아버지의 3대 투자 원칙 덕분이었다. 서두르지 말 것, 무리하지 말 것, 잘 아는 곳에 투자할 것.

가족들이 추억에 젖어 있을 때 보미의 남편이 커다랗고 까만 봉지를 들고 집에 들어왔다. 비린내가 훅 끼쳤다. 남편은 거실이 아닌 주방으로 바로 향했고 엄마가 벌떡 일어나 사위에게로 다가갔다. 보미가 돌아보며 입 모양으로 뭐야, 하고 묻자 남편도 입 모양으로 회, 했다.

"엄마!"

보미가 소리를 꽥 질렀다. 남편이 하지 말라는 뜻으로 눈을 찡긋거리고 고개를 잘게 저었다. 순식간에 집 안 분위기가 싸늘해졌다. 엄마가 보미의 눈치를 살피며 말했다.

"강 서방이 회를 떠 왔네? 얼른들 와서 회 먹어요. 회 먹고 매운탕 끓여 먹으면 되겠다. 내가 채소 다 준비해놨어. 수제비 반죽도 해놓고."

모두 말없이 포장 비닐을 뜯고 그릇과 수저를 놓고 양념장과 채소를 꺼냈다. 보미는 화를 꾹꾹 누르며 낮게 말했다.

"요즘 배달 안 되는 거 없는 세상이야. 폰만 있으면 이런 회도, 커피도, 아이스크림 같은 것도 다 문 앞까지 갖다준다고. 근데 왜 피곤한 사람한테 자꾸 심부름을 시키고 그래?"

엄마는 말이 없고 남편이 황급히 끼어들었다.

"내가 사 온다고 한 거야. 오는 길이잖아."

"그게 오는 길이야? 지하철 중간에 내려서 역 밖으로 나와서 20분 걸어서 시장 가서 회 떠다가 20분 걸어와서 요금 또 내고 다시 지하철 타는 게 무슨 오는 길이냐고!"

분명 엄마가 전화를 했을 것이다. 저녁에는 간단하게 회나 먹자고, 모둠회 대짜 하나만 사 오라고, 퇴근하는 길에 들르면 되겠다고 했겠지. 보미에게 말했다면 칼같이 잘라 냈을 것이다. 보미는 대답만 응, 응, 하고 전달하지 않기도 했고 사위한테 별걸 다 시킨다고 화를 내기도 했다. 이후로 부모님은 사위에게 직접 연락을 한다.

근처에 산다는 이유로 부모님은 수시로 사위를 불러냈다. 보미의 남편은 출근길에, 퇴근길에, 주말에 자다가, 가끔은 일부러 월차를 내고 처가 일을 도왔다. 소소하게는 못을 박거나 페인트칠을 하거나 뭔가를 사 오는 일부터 가구를 옮기거나 집수리를 하거나 김장을 하는 일까지 부모님은 아들도 딸도 아닌 사위에게 부탁했다. 보미는 잘 거절하지 못하는 남편도, 사위를 마당쇠 부리듯 하시는 부모님도 다 마음에 들지 않았다.

남편이 왜 그렇게 절절매는지 안다. 결혼할 때 보미네

도움을 많이 받았기 때문이다. 겨우 스물여덟 살이었다. 보미는 그때도 드라마 메이킹 필름을 찍고 있었고 남편은 다니던 회사가 폐업해 구직 중이었다. 절대 결혼할 만한 상황이 아니었던 것은 사실이다. 가진 것도 없고 계획도 희망도 딱히 없는데 그래서 오히려 같이 해내고 싶었다. 서로에게 위안이자 이유가 되고 싶었다. 보미가 결혼 얘기를 꺼내자 엄마는 보미를 방으로 데리고 들어가 조용히 물었다. 혹시, 너 임신했니?

요란하게 예식을 치를 생각이 없으니 가족끼리 식사나 하자는 제안은 보미의 아버지가 결사반대했다. 결국 결혼식 비용은 아버지가 부담했다. 또 사랑하는 딸이 원룸에서 신혼을 시작하도록 두고 볼 수 없다며 서영동 동아1차아파트 34평에 살게 해주었다.

아버지는 투자 목적으로 근교의 아파트를 하나 분양받았었는데, 전매 제한이 풀려 처분하면서 여윳돈이 생긴 참이었다. 안 그래도 서영동에 아파트를 하나 더 사둘까 알아보고 있었다. 지하철 출구 얘기도 있고 물류창고도 이전한다고 하니 서영동 집값이 반짝 뛰어오르는 타이밍이 있을 거라고 생각했다. 늘 그랬듯 투자 1순위는 가깝고 잘 아는 서영동이었다. 아버지는 자신의 명의로 아파트를 매수한 후, 보미 부부에게 내주었다. 국세청에서 자금 출처를 꼼꼼하게 살핀다는데 수입도 적은 20대 딸에게 집을 사주었다가 괜히 일이 복잡해질까 부담스럽다고 했다.

"일단 여기 살면서 청약을 계속 넣어봐. 생애 최초나 신혼부부 특별 공급 같은 거 노려볼 만하지. 분양가 상한제 덕분에 요즘은 분양받는 게 돈 버는 거야."

보미는 별생각이 없었다. 아버지는 딱 5년 만이라고, 그 후에는 월세를 놓든 타이밍 봐서 팔든 할 거라고 말했지만 그때라고 아버지가 딸을 내쫓으랴 싶었다.

"응. 아빠가 좀 알려줘, 청약인지 분양인지 하는 거."

"아빠가 청약통장 만들어 줬었잖아. 너도 할 줄 알아야지. 부동산 모르면 돈 못 벌어. 세상이 그래."

아버지의 세상은 어떤 세상일까. 보미의 세상과는 멀지만 어쩌면 남편의 세상과는 좀 더 가까울지도 모르겠다. 보미는 각자의 궤도를 쉼 없이 도는, 영원히 만나지 않는 행성들을 떠올렸다. 그 행성들을 궤도에서 벗어나지 못하도록 엄청난 힘으로 끌어당기고 있는 존재가 뭘까. 지구는 초속 30킬로미터로 태양 주위를 돌고 있다고 한다. 보미는 도저히 가늠할 수 없을 정도로 빠르게 우주를 달리는 지구 위에서 떨어지지도 넘어지지도 않고, 그 속도를 느끼지도 못

하며 너무 천천히 살아가고 있다.

집에 돌아와 보미는 촬영본을 노트북에 옮겨놓고, 다이어리를 꺼내 일정을 확인했다. 내일은 아버지가 1인 시위를 한다. 아버지는 '서영역 3번 출구를 기다리는 주민 모임'을 만들어 지역구 의원 사무실과 시청, 구청 앞에서 시위를 이어가고 있다. 숙원이던 서영동 도서관 건립이 무산된 후 아버지는 체육시설과 공원, 서영역 3번 출구에 더 마음을 쏟는 듯했다.

촬영을 앞둔 보미의 마음이 편치 않았다. 편의시설 지어달라고, 공원 만들어달라고, 도로도 내달라고 요구하면서 아파트는 싫고 임대아파트는 더 싫고 노인시설도 싫다는 아버지를 보미도 받아들이기 힘들었다. 그런데 가족도 아니고 서영동 주민도 아닌 사람들의 눈에는 어떨까. 정말 보미의 다큐멘터리가 공중파라도 탄다면 아버지도, 보미도, 이 집구석도 욕만 실컷 먹을 게 뻔했다.

아버지는 약속 시간보다 먼저 동 입구에 도착해 보미를 기다리고 있었다. 당연하게 가방을 받아 드는 아버지에게 보미가 물었다.

"진짜 촬영해도 괜찮아?"

"괜찮지. 우리 집, 식구들, 나 입주민회의 하는 거 다 찍었잖아. 근데 1인 시위는 안 될 게 뭐야. 이제 카메라 익숙해져서 하나도 신경 안 쓰여. 아빠는 우리 딸한테 필요한 거라면 다 할 거야."

"그런 게 아니라……."

보미는 차마 아버지가 시청자들 눈에 좋게 보일 리 없다고, 이제까지의 말과 행동들도 아슬아슬했는데 이건 정말 꼴불견이라고 말할 수 없었다. 일단 찍어보고, 그리고 아니다 싶으면 버리면 되지. 앞서 걱정하고 제한하지 말자고 생각하며 입을 다물었다. 아버지가 물었다.

"왜? 아빠 너무 속물 같아? 투기꾼 같아?"

"그게 무슨 소리야! 내가 언제 그런 말 했어?"

목소리를 한껏 높여 부정했지만 보미는 귀까지 새빨갛게 달아올랐다. 딱 아버지가 말한 단어 그대로 생각하고 있었다. 속물. 투기꾼. 아버지는 아무렇지도 않았다. 오히려 약간 거들먹거리는 듯한 표정으로 대답했다.

"다들 대단하다고 생각할걸? 엄청 부러울 거야. 욕하는 사람? 있을 수도 있지. 부러워서 그래. 너무 부러우니까."

나란히 걷기 시작하던 부녀의 간격이 점점 벌어졌다. 아버지는 보미의 가방을 메고 시위용 피켓을 들고도 허리를 꼿꼿하게 편 자세로 같은 보폭을 유지한 반면 보미는 점점 몸이 구부정해지고 걸음이 느려졌다. 피곤한가 보다고, 아침을 안 먹어서 기운이 없다고, 커피를 안 마셔서 잠이 안 깬다고 핑곗거리를 찾아보았지만 사실 가기 싫었다. 의원 사무실이 있는 건물로 들어서는데 모래주머니를 매단 것처럼 두 발이 무거웠다.

멀리 엘리베이터 문이 닫히려 하자 아버지가 잠깐만요! 큰 소리로 외쳤다. 보미도 얼결에 따라 뛰어서 엘리베이터에 탔다. 열림 버튼을 누르며 기다리고 있던 남자가 아버지를 보더니 안승복 선생님! 하고 반갑게 인사를 건넸다. 아는 사람인가? 이 건물 거의 사무실이던데. 아버지도 사람 좋게 마주 웃으며 물었다.

"아이고, 벌써 출근해요?"

"예. 이따가 사무실에서 주민 부동산 강의 있잖아요. 선생님도 그래서 오늘 오신 거 아녜요?"

"맞아요. 관심 있을 주민들 많이 모이니까."

"좀 살살요. 부탁드릴게요?"

보미가 의아한 얼굴로 둘을 번갈아 보자 아버지가 남자에게 보미를 소개했다.

"여기 이분은 감독님. 다큐멘터리 감독님이세요. 요즘

저랑 우리 식구들 촬영하시는."

남자는 아아, 하며 입을 크게 벌린 채로 한참 보미를 보다가 안녕하세요, 하고 인사를 건넸다. 보미도 고개를 꾸벅 숙였다.

"무슨 다큐멘터리인데요? 주제가?"

"뭐, 사는 얘기죠. 평범한 사람들 사는 얘기."

보미가 어물어물 대답하자 남자가 보미의 말을 따라 했다. 평범한 사람들 사는 얘기. 평범한 사람들……. 아버지가 이번에는 남자를 보미에게 소개했다.

"그리고 이분은 비서관님."

보미도 아까 남자가 그랬던 것처럼 아아, 하고 한참 남자를 보았다. 아버지는 수년간 지역구 의원에게 갖가지 건의와 제안과 항의를 쉬지 않고 했다. 보미는 TV 뉴스에서, 선거 벽보에서 의원을 볼 때면 그와 그의 주변 사람들은 아버지가 얼마나 번거롭고 지겨울까 생각했다. 그런데 이렇게 친근하고 다정하게 지내고 있었다니. 이런 게 사회생활일까. 자주 만나며 미운 정이라도 쌓인 걸까.

비서관은 끝까지 예의 바르게 인사하고 사무실로 들어갔다. 보미가 카메라를 들자 아버지는 능숙하게 복도 끝으로 갔다가 프레임 안으로 걸어 들어왔다. 아버지는 의원 이름이 세로로 새겨진 현판 앞에 피켓을 들고 섰다.

"피켓 내용 좀 읽어줘."

"응, 이거? 서영동에는, 서영역, 3번 출구가, 필요하다,
김문석 의원은, 약속을, 지켜라."

"문구는 누가 쓴 거야?"

"모임에서. 모임이 있어. 서영역 3번 출구를 기다리는
주민 모임이라고 거의 동아1차 사시는 분들. 3번 출구 위치
가 동아1차 앞이잖아. 그러니까 너도 같이 하자. 너희 집 앞
에 출구 생기면 얼마나 편하겠어?"

"나 지하철 잘 안 타. 난 버스 좋아해."

보미가 시큰둥하게 대답하자 아버지는 코를 찡긋하며
웃었다. 보미는 정말 지하철을 자주 타지 않을뿐더러 동아
1차 앞에 3번 출구가 생긴다 해도 지하철 이용이 더 편해지
지 않는다는 것을 알고 있다. 어차피 승강장 위치가 달라질
수는 없기 때문이다. 동아1차에서 서영역 3번 출구까지는
가깝겠지만 개찰구를 지나 승강장까지가 엄청 길어질 것이
다. 지하철 이용객에게는 1번 출구까지 걸어가서 곧바로 타
는 거나 3번 출구로 바로 들어가서 한참 걷는 거나 마찬가
지라는 뜻이다. 하지만 동아1차 소유주에게는 둘의 차이가
크겠지. 동아1차아파트는 서영역 3번 출구에서 도보 3분 거

리의 아파트가 될 테니까.

뷰파인더 속 아버지는 순수하고 간절해 보였다. 실제 아버지의 마음도 순수하고 간절할 것이다. 피켓을 든 아버지와 카메라를 든 보미의 거리는 딱 세 걸음. 1.5미터 정도. 그런데 보미는 아버지와 영원히 가까워질 수 없을 것 같다는 생각이 들었다. 보미에게 아파트는 그저 집이다. 고향이고 추억이고 지금 사는 곳, 그뿐이다. 다른 어떤 의미도 가치도 없다.

보미가 생각에 잠겨 있는데 엘리베이터 멈추는 소리가 땡, 하고 빈 복도를 울렸다. 1층 로비에서 보았던 젊은 보안요원들이었다. 왠지 불길한 느낌. 다른 모든 사무실들을 지나쳐 계속 가까이 오던 두 사람이 보미와 아버지 앞에 섰다. 허락 없이 촬영해서 이러는 건가? 그냥 개인 기록용이라고 할까, 다른 사무실은 찍지 않았다고 할까, 공익을 위한 보도 영상이라고 할까. 남자가 물었다.

"지금 1인 시위 아닌 거 아시죠?"

응?

"두 분이니까 1인 시위가 아닌 겁니다. 집시법 위반이세요."

아버지가 들고 있던 피켓을 내려놓고 보미를 가리키며

말했다.

"여긴 촬영만 하잖아. 시위는 나 혼자 하는데 왜 1인 시위가 아니야? 내가 지금 1인 시위가 몇 년째인데 그런 것도 모를 것 같아? 집시법 좋아하네."

"어쨌든 계속 이러시면 저는 신고할 수밖에 없어요. 그런 건 경찰서에서 가리시던지, 법정에서 가리시던지 하세요."

"의원 사무실에서 연락받았어?"

"의원 사무실 사람들만 두 분을 봤겠어요? 지나다니는 사람들 다 봤죠."

"아니! 아무도 안 지나갔어. 누구야? 누구한테 무슨 소리를 듣고 온 거야?"

급기야 아버지는 남자의 어깨를 손바닥으로 툭 밀쳤다. 남자가 반사적으로 아버지의 손목을 잡아 붙들었고 아버지는 이거 봐! 이거 안 봐? 하며 목소리를 높였다. 상황 자체도 당황스럽고 이마에 핏대를 세우고 반말로 거칠게 항의하는 아버지가 낯설기도 해서 보미는 카메라를 어정쩡하게 든 채로 뒷걸음질 쳤다. 복도를 따라 이어진 사무실 문들이 빼꼼 빼꼼 열리더니 사람들이 내다보기 시작했다. 구경꾼이 생기자 아버지는 남자에게 엉겨 붙으며 더 큰 소리로 소란을 피웠다. 그리고 뒤늦게 보미의 존재를 깨달은 또 다른 보안요원이 보미의 카메라를 가리키며 말했다.

"카메라! 찍고 있어요? 찍지 마! 찍지 마세요!"

보미는 카메라를 끄거나 치울 생각도 못 하고 일단 끌어안았다. 남자가 계속 다가오는데 등 뒤는 벽으로 막혀 있고 앞에는 사람들이 가득이라 도망칠 수가 없었다. 보미는 아버지에게 도움을 요청하는 간절한 눈빛을 보냈다. 그 눈과 마주친 순간, 아버지는 표정이 싸늘하게 굳더니 자신의 팔을 붙잡고 있는 보안요원을 더욱 거칠게 뿌리쳤다. 그렇게 실랑이하다 남자가 의도치 않게 팔꿈치로 아버지의 얼굴을 밀쳤다. 아버지의 안경이 튕겨 나와 보미 앞에 떨어졌다.

보미는 두 손으로 카메라를 꼭 안고 있느라 테가 가느다란 아버지의 안경을 멀뚱히 보고만 있었다. 그때 보안요원의 손이 보미의 카메라를 붙잡았고, 보미는 아악, 비명을 지르며 주저앉았다. 앞이 제대로 보이지도 않는 아버지가 말 그대로 부웅 날아와 남자의 등을 덮쳤다.

"우리 보미 건드리지 마! 보미야! 보미 괜찮니!"

하지만 남자는 휘청 무게중심을 잃고 보미 쪽으로 쓰러져버렸다. 보미는 남자에게 깔려 비명을 지르고, 아버지는 그 남자의 옷깃을 잡아당기며 욕을 하고, 남자는 목이 졸려

캑캑 기침을 하고, 또 다른 보안요원이 옷 놓으세요, 놓으시
라고요, 외치며 아버지를 말리는 동안 구경꾼들이 더 늘어
나 복도는 아수라장이 됐다.

결국 의원 사무실 직원들까지 나와 상황을 수습했다.
엉킨 손과 몸들이 겨우 분리되어 네 사람이 각각의 자리에
섰을 때, 바닥에는 두 동강 난 아버지의 안경이 덩그러니
놓여 있었다. 보안요원이 보미에게 물었다.

"뭡니까? 두 분 무슨 관계예요?"

보미는 선뜻 입이 떨어지지 않았다. 눈동자를 굴리며
머뭇거리다가 작은 목소리로 답했다.

"전 그냥 다큐멘터리 감독이에요……."

"다큐멘터리? 감독? 근데 선생님이 우리 누구라고 하
시던데?"

보미는 이번에도 대답하지 않았다. 아버지가 쭈그려 앉
아 바닥을 더듬자 보안요원이 안경을 주워 아버지에게 건
넸다. 아버지는 부러진 안경을 받아 들고 한참 들여다보다
가 고개를 돌려 보미에게 말했다.

"오늘은 들어가라. 1인 시위라 혼자 있어야 하는 모양
이네."

보미가 카메라를 가방에 담아 정리하는데 아버지가 보

미의 어깨를 쓰다듬었다.

"조심히 들어가."

그제야 보미가 물었다.

"안경도 없이 괜찮겠어, 아빠?"

"괜찮아. 가만히 서 있기만 할 건데."

돌아선 보미의 등 뒤로 아빠? 아빠라고? 따님이세요? 근데 왜 감독이래? 하는 수군거림이 따라왔다. 보미는 앞만 보고 걸었다.

촬영은 잠정 중단되었다. 그 일에 대해 아버지도 보미도 다시 언급하지 않았다. 아버지는 아무 일 없었다는 듯 왜 요즘 촬영하러 오지 않느냐고 물었는데 보미의 마음이 내키지 않았다. 그러다 다른 지역에서 대학을 다니는 동생이 올라와 오랜만에 온 가족이 모였다.

남매는 안부를 나누고 농담을 하고 여전히 서로의 진로를 걱정했다. 계속 학교에 남아 공부하겠다던 동생은 생각이 바뀌었다고 한다. 졸업하면 집으로 돌아올 거란다. 아버지가 불쑥 동생에게 물었다.

"참, 잔금 날짜 언제랬지?"

"다음 주 금요일. 금요일 오후 2시."

"응, 아빠랑 전날 내려가자. 이사 준비 같이해."

보미는 무슨 소린가 싶어 동생에게 물었다.

"이사해? 한 학기밖에 안 남았는데 어디로?"

"그동안 학점 다 채워놔서 다음 학기에는 일주일에 두 번 정도만 가면 될 것 같아. 친구네서 다니기로 했어. 나머지 시간은 서울에서 취업 준비하게."

"철들었네, 우리 범규?"

"나야 진작에 철들었지. 이제 누나만 철들면 되겠다."

보미가 슬쩍 눈을 흘기자 동생이 빙글빙글 웃었다. 터울이 커서 그런지 늘 어린애 같던 동생이다. 제 앞가림도 척척 하고, 저렇게 능글맞게 받아칠 줄도 알고. 정말 많이 컸다 싶어 보미는 울컥 눈물이 날 것 같았는데 동생은 태연했다.

"서울 왔다 갔다 하려면 정신없을 것 같아서 아파트는 팔아버리려고. 더 오를 것 같기는 한데."

동생의 말에 보미는 눈물이 쏙 들어갔다.

"너 살던 아파트? 학교 앞에? 그거 전세 아니었어?"

"아빠가 나 제대 선물로 사 주셨잖아."

제대 선물. 보미는 푸하하, 하고 밥풀을 튀기며 웃어버렸다. 제대 선물로 아파트라니. 이런 얘기 하니까 우리 집

재벌 같잖아? 그동안 자신의 정체성을 평범한 소시민 가정의 맏딸 정도로 알고 있던 보미는 어이없고 허탈했다. '아빠, 우리 사누끼우동 먹으러 일본에나 다녀올까?'

아버지가 보미를 흘끔 보더니 반찬을 뒤적이며 별일 아니라는 듯 말했다.

"그때는 그거 1억도 안 했어."

철이 들긴 했지만 아직 약간 덜 든 동생이 신이 나서 덧붙였다.

"근데 지금 3억 됐잖아. 산업단지 지정되고 광역철도도 뚫린대서."

보미는 태연한 척 대꾸했다.

"좋겠네, 범규. 돈 많이 벌었네?"

"증여세 내면 얼마 남지도 않게 생겼어."

증여세? 보미는 자신도 모르게 아버지를 쳐다보았다. 아버지가 갈비 한 조각을 집어 보미의 밥그릇에 올리며 말했다.

"고기 먹어, 고기. 많이 먹어, 우리 딸!"

열심히 갈비를 뜯던 아버지의 손과 입술이 기름으로 번들거렸다. 보미는 젓가락을 탁, 소리 나게 내려놓았다.

서울 아파트값이 가파르게 오르고 있었다. 공시지가가

현실화될 거라든가 종부세가 강화될 거라든가 양도세율이 높아질 거라는 뉴스도 계속 나왔다. 아버지는 보미 부부가 사는 동아아파트를 계속 가지고 있기도 부담스럽고 팔기도 아까웠다. 더 오를 거라고, 못해도 대출 가능선인 15억까지는 갈 거라고 예상했다. 하지만 그렇게 비싸게 팔아봐야 단 하루도 실거주하지 않은 집의 양도차액은 대부분 세금으로 나가게 될 것이다.

고민 끝에 아버지는 집을 아들에게 증여하기로 했다. 증여세도 억 단위지만 양도세에 비하면 절반 수준인 데다 여전히 서영동 아파트의 가격 상승 여력이 크다고 전망하기 때문이다. 어차피 아들 결혼할 때 집은 해줘야 할 테니 미리 증여하는 것이 여러모로 유리했다.

"보미 너는 부지런히 청약 넣어봐. 계약금은 아버지가 어떻게든 만들어줄게."

"알았어. 나갈게. 당장 나갈게."

"안보미! 그게 무슨 소리야? 아빠가 언제 그런 말을 했어?"

눈치만 보던 동생도 거들었다.

"그래, 누나. 당장은 안 나가도 돼."

그 말에 보미가 터져버렸다.

"야! 너는 분위기 파악이 안 돼? 착한 임대인이라도 되시겠다는 거야 뭐야? 그리고 엄마 아빠도 앞으로는 강 서방 부려먹지 마. 아니, 강 서방한테 연락하지도 마!"

집에 돌아와서도 보미는 울분이 가라앉지 않았다. 얼굴이 헐도록 눈물을 닦고 코를 푸는 보미를 남편이 위로했다.

"우리 형편에 맞는 집, 우리 힘으로 얻자. 좁으면 어떻고 불편하면 어때. 집주인한테 보증금 올려달라, 나가달라, 그런 소리 좀 들으면 어때. 우리 젊잖아."

보미도 그렇게 생각하고 싶었다. 그런데 마음이 마음대로 되지 않았다. 나는 싫어. 좁은 것도 불편한 것도 불안한 것도 싫어. 내 동생은 나보다 더 젊잖아. 생각하니 또 눈물이 쏟아졌다. 남편이 보미의 마음을 풀어주려 한껏 과장되게 말했다.

"그리고 또 알아? 자기 다큐 대박 날지."

보미는 훌쩍이며 겨우 말했다.

"나 이 다큐 못 만들어."

"뭐? 촬영 다 해놓고, 왜?"

"못 만들어. 이대로는 못 하겠어. 내가 무슨 말을 해. 어떻게 해."

보미는 며칠에 걸쳐 촬영 파일을 처음부터 돌려보았다. 마지막은 그날의 영상이다. 화면이 너무 흔들려 아무것도 알아볼 수 없지만 오디오는 선명하게 담겼다. 우리 보미 건드리지 마! 보미야! 보미 괜찮니! 부끄러웠다. 무례한 아버지가, 속물 같은 아버지가, 부끄러움을 모르는 아버지가, 그리고 그런 아버지와 다르다고 생각했던 자기 자신이.

아버지는 남매의 주거 문제를 모두 해결해주었다. 보미에게는 정말 살 곳만 마련해주고 동생에게는 그곳을 소유하게 해주었다는 점이 다르긴 하지만 그게 무슨 상관인가. 보미에게 아파트는 그저 집인데. 고향이고 추억이고 지금 사는 곳, 그뿐인데. 다른 어떤 의미도 가치도 없는데. 그런데 서운했다. 괴롭고 화가 났다.

부족한 것 없이 자랐다. 넘치도록 지원을 받았고, 결혼하고도 부모님에게 기대어 살았다. 게다가 아버지의 속물근성을 까발리는 다큐멘터리를 만들어 커리어의 발판으로 삼으려 했다. 어쩌면 보미도 아버지와 다를 바 없는 속물이었는지 모르겠다.

백은학원연합회 회장 경화

연산 과외를 할 때부터 경화의 목표는 백은빌딩에 입성하는 거였다. 백은빌딩은 서영동 학원 집성지이자 서영동 사교육 그 자체이기 때문이다. 15층 건물에 백 곳이 넘는 중대형 학원 및 개인 교습소, 독서실과 스터디 카페가 가득 입주해 있고 1층에는 수강생들이 간단하게 끼니를 해결할 수 있는 각종 분식집과 베이커리 그리고 자녀를 학원에 들여보낸 보호자를 위한 카페들이 있다.

　백은빌딩은 맞은편 현대아파트 입주 시기에 완공되었다. 처음부터 학원이 주로 들어왔다. 중학교도 멀지 않고 현대 단지 내에 초등학교가 새로 개교하기도 해 수요가 충분했다. 한번 학원 건물로 자리를 잡자 다른 업종의 상가가 빠지면 학원이 들어와 채우고 또 채우며 학원 비중이 점점 높아졌다. 6층은 어쩌다 병원 층이 되었는데 소아청소년과,

정형외과, 성장 전문 한의원, 어린이 치과에 마지막으로 소아정신과까지 개원하자 구성이 완벽해졌다.

경화의 바른영어수학학원은 4층에 있다. 경화는 백은빌딩 근처를 오갈 때 경화네 학원에 다니거나 다녔던 아이들이 선생님, 선생님, 하고 말을 걸어오는 게 좋다. 이제 완전히 자리를 잡았다, 는 실감이 왔다. 얼마 전에는 '백은학원연합회'의 회장도 맡았다. 이름뿐인 모임인 데다 경화가 서영동에 오래 살았다는 이유로 떠넘겨지다시피 했지만 귀찮지 않았다.

정기적으로 원장들과 차를 마시고 밥을 먹고 학원장 연수나 통학버스 안전교육, 책임보험 정보들을 주고받았다. 차량 서명부와 수강료 납입증명서, 개인정보 관련 동의서 등의 서식을 공유하기도 했다. 마음 같지 않은 강사들과 말썽꾸러기 아이들과 까다로운 보호자들 목록을 업데이트하는 시간이기도 했다.

"이 동네 분위기 참 특이해. 되게 자부심 있으면서 또 뭐랄까 소속감이 없달까?"

"맞아요. 서영동 학교는 싫다고 이사 나가서 학원은 계속 백은빌딩으로 오잖아요."

"죄다 교통 따라 직장 따라 들어온 외지인들이라서 그

런 거 아닐까요?"

"그냥 우리 건물 학원들이 좋은 거죠, 뭐."

서영동 학교들은 입시 성적이 좋지 않다. 서영동 아이들은 그런 서영동 학교를 떠나고 싶어 하면서도 백은빌딩 학원은 떠나지 못했고, 서영동 인근의 아이들은 백은빌딩으로 학원을 다니면서도 굳이 서영동을 우습게 생각하고 싶어 했다. 들어오고 싶은 욕망과 나가고 싶은 욕망이 섞여 부글부글 끓는 곳. 학원장이자 학부모이면서 서영동 주민인 경화는 종종 그 입장들이 자기 안에서 충돌하는 것을 느꼈다.

학원 많은 서영동에서 브랜드도 없는 동네 보습학원이 살아남은 것은 원장인 경화가 수학 기초를 잘 잡아준다고 입소문이 난 덕분이었다. 그리고 공부 잘하는 아들, 찬이의 광고 효과도 만만치 않았다.

학원이 이사하면 찬이도 따라다녔고, 학원의 강습 과목이 바뀌면 찬이도 공부하는 과목이 바뀌었고, 선생님들이 수시로 나가고 들어오는 동안 찬이도 계속 새 선생님들에게 적응해야 했다. 순진하고 순하던 찬이는 머리칼을 뽑는 버릇이 생기도록 반항 한번 안 했다. 엄마의 학원에 다니고,

엄마의 동료에게 테스트를 받고, 모든 일정과 약속이 엄마에게 노출된 채로 지냈다. 경화는 당연하다고 생각했고 찬이는 어쩔 수 없다고 생각했다.

6학년 겨울방학이었다. 찬이가 학원 수업에 30분이나 늦었다. 경화도 수업이 많은 날이어서 퇴근 때가 되어서야 찬이가 지각했다는 사실을 알았다. 집에 가 물으니 찬이는 요일을 헷갈려서 늦게 나왔다고 대수롭지 않게 대답했다. 찬이 외할머니도 그제야 알았는지, 찬이 오늘 지각했어? 하고 물었다.

찬이가 샤워하는 동안 경화는 찬이의 가방과 옷들을 챙기다가 습관적으로 폰을 열어보았다. 친구에게 톡이 와 있었다. 아까 학원 늦은 거 괜찮냐, 나는 셔틀 놓쳐서 결국 걸렸다, 근데 놀이터 너무 추웠다, 하는 내용이었다. 집에서 늦게 나간 게 아니었나. 대체 놀이터에서 뭘 한 거지. 찬이가 나오면 물어보려다가 왜인지 조급해져 경화는 찬이 친구에게 톡을 보냈다.

'아까 재밌었지?'

이 정도면 무난하게 답장을 이끌어낼 말이라고 생각했는데 친구는 분명 읽어놓고 한참 답이 없었다. 찬이가 아니라는 게 티 났나. 긴장하고 있는데 톡이 연달아 왔다.

'ㅇㅇ'

'나도'

'카트'

'사야지'

왜 애들은 한 문장을 이렇게 쪼개서 보내는 거야? 경화는 친구의 메시지를 다시 여러 번 읽었다. 나도 카트 사야지. 카트? 아, 카트! 카트라이더! 놀이터에 모여서 게임하느라 학원에 늦은 거였다. 경화는 찬이의 게임 시간이나 스마트폰 사용을 제한하지 않는 편이다. 그런데 찬이는 왜 거짓말을 했을까. 머리를 털며 화장실에서 나오는 찬이에게 경화가 물었다.

"너 왜 엄마 속였어?"

"네?"

"엄마가 게임 못 하게 하지 않잖아. 편하게 집에서 하면 되지 왜 굳이 놀이터에 모여서 게임을 하고 그래, 노는 애들같이? 그것도 학원까지 늦으면서."

찬이는 얼굴이 시뻘게지더니 방으로 달려가 휴대폰을 확인했다. 엄마가 자신의 폰을 본 것도 모자라 친구에게 톡을 보내기까지 했다는 것을 알고는 태어나 가장 크게 화를 냈다. 울면서 고래고래 소리를 지르는 바람에 경화는 찬이의 말을 하나도 알아들을 수 없었다. 이제 엄마의 학원에 다니지 않겠다는 말도, 폰을 비밀번호로 잠가놓겠다는 말도, 무엇보다 앞으로 엄마와 대화하지 않겠다는 말도 다음 날 친정엄마에게 듣고야 알았다.

찬이는 정말 경화의 학원에 나오지 않았고, 폰을 잠갔고, 경화와 말하지 않았다. 눈도 마주치지 않았다. 제 외할머니를 통해서만 의사소통을 했다. 싸우고 달래고 부탁하고 울어도 봤지만 소용없었다. 결국 경화는 찬이를 마음에서 내려놓았다. 찬이와 관련한 모든 걱정과 판단과 계획과 목표는 일단 잊기로 했다. 해달라는 건 해주고 사달라는 건 사 주고 먼저 알려주지 않는 건 모르는 척했다. 대신 친정엄마가 찬이의 학원과 시험을 챙기고, 친구들을 살피고, 과제와 가방을 확인했다. 능숙했다. 대치동 돼지엄마 노하우가 어디 가겠나.

경화는 학창 시절을 떠올리면 엄마의 경차 조수석에 앉아 알루미늄 포일을 조금씩 벗겨가며 김밥을 먹던 기억뿐이다. 어떤 질문도 의문도 없는 청소년기를 보냈다. 엄마가 세운 목표를 위해 엄마가 짜놓은 계획표에 따라 엄마가 선택한 선생님에게 수업을 들었다. 엄마의 판단이 얼마나 탁

월한지는 경화의 성적이 증명했다. 경화 엄마가 구성하는 과외 그룹이나 학원 클래스에 자녀를 들여보내기 위한 주변 엄마들의 경쟁이 치열했다.

정작 경화는 입시를 망쳤다. 기대했던 대학에 가지 못했지만 엄마는 화내거나 속상해하지 않았다. 최선을 다했고 그걸로 됐다고, 무엇보다 지금의 결과도 훌륭하다고 말해주었다. 가장 예민하던 시기를 경쟁과 시험에 내몰려놓고도 경화가 엄마와 계속 잘 지내는 것은 그때 그 칭찬과 격려 덕분인지도 모르겠다. 한참 후에야 이 일을 엄마와 이야기할 기회가 있었는데 엄마는 여전히 무덤덤했다.

"열심히 했잖아. 어린애가 이만큼 했으면 됐다, 뭘 해도 하겠다, 싶었어."

"솔직히 엄마가 나한테 엄청 극성이었잖아. 실망하지 않았어?"

"그냥. 열심히 했어, 엄마도."

엄마의 대답은 두고두고 경화를 지탱하는 힘이 되었다. 경화가 해보지도 않았던 학원 일을 시작할 용기를 낸 것도, 결혼 생활을 정리할 마음을 먹은 것도 돌아보면 그 말 덕분이었다. 경화는 스스로를 믿었고, 부지런한 엄마에게 찬이와 살림을 맡겼다.

친정엄마가 아예 같이 살기 시작하면서 찬이의 생활과 성적은 자리를 잡아갔다. 엄마의 성실과 노하우는 그대로 고 거기에 나이와 연륜에서 오는 여유가 더해졌다. 경화는 이제 자신의 역할은 세 식구 걱정 없이 먹고살 수 있게 경제적인 부분을 책임지는 것이라 생각하며 학원 일에 더 매달렸다. 남편의 이런 태도가 역겨워 이혼했는데. 찬이와 엄마가 잠든 늦은 밤, 천천히 도어록 비밀번호를 누르고 집에 들어올 때면 경화는 허탈하고 쓸쓸했다.

출근길 엘리베이터 앞에서 같은 층의 사과나무논술 원장과 마주쳤다. 원장 모임에 끈질기게 참석하지 않던 그가 경화에게 달려들 듯 다가오며 보셨어요? 했다.

"뭘요?"

"옆에, 공사 개요 붙은 거요."

"상가 건물 자리요?"

"거기 치매 시설이 들어온대요. 이게 말이 돼요?"

"치매? 노인들 그 치매요?"

경화는 순간 훅, 거북한 감정이 올라왔다.

백은빌딩 옆 건물은 오래된 2층짜리 상가였다. 우중충하고 금이 간 외벽에 허름한 출입구, 계단과 창틀, 화장실

타일, 복도 조명까지 구석구석 낡고 더럽지 않은 곳이 없었다. 건물 자체가 음침한 느낌이라 그런지 각종 식당과 카페, 가구점, 양복점, 전자제품 대리점까지 업종이 중구난방이라 그런지 방문객이 많지는 않았다. 하지만 단골손님을 상대로 오래 장사해온 상점들이 있었다.

경화는 1층의 우동집을 좋아했다. 출근길에 혼자 들러 끼니를 해결하곤 했다. 지난겨울 어느 날, 항상 먹던 우동과 돈가스 세트를 시켰는데 사장님이 주문하지도 않은 과일 사라다 한 접시를 테이블에 올려놓았다.

"우리 단골손님 마지막으로 서비스 드려야지."

"마지막이요?"

"모르셨구나? 건물 팔렸잖아요. 나는 그냥 좀 일찍 나가려고."

지금 건물은 철거하고 아예 새로 올릴 모양이라고 했다. 대지가 넓은 편이니 층을 높게 빼면 수익이 더 나오지 않겠느냐고, 주거용 오피스텔 같은 게 들어오지 않을까 싶다고 말하며 그냥 내 생각이에요, 라고 덧붙였다. 경화의 생각도 크게 다르지 않았다. 건물주는 대체 뭐 하는 사람이기에 상가를 방치하다시피 할까 궁금했었다. 결국은 팔았구나.

몇 개월에 걸쳐 상점이 하나씩 빠지다 가장 넓은 면적을 차지하던 1층 전자제품 대리점이 마지막으로 나갔다. 유리에 X자로 흰 테이프가 붙었다. 곧 펜스가 둘러지고 공사 차량이 오가고 세상이 무너지는 굉음과 함께 건물이 주저앉았다. 백은빌딩 고층에서는 창 너머로 철거 작업이 다 보였다는데 4층인 경화네 학원에서는 보이지 않았다.

경화는 퇴근길에 공사장 쪽으로 한 바퀴를 크게 돌아서 걸었다. 녹색과 붉은색이 섞인 천막 틈새로 아직 다 치우지 못한 건물의 잔해가 눈에 들어왔다. 회색 콘크리트 덩어리, 휘어져 엉킨 철근, 날카롭게 쪼개진 나무판자, 어디서 나왔는지 무엇이었는지 알 수 없는 어떤 시간과 공간의 조각들. 경화는 자신이 되새기는 추억들이 조금 기만적으로 느껴졌다.

어쨌든 경화는 낡은 상가가 사라지고 신축 빌딩이 들어오는 게 나쁘지 않았다. 흉물스러운 상가 하나가 백은빌딩은 물론 서영동 전체의 수준을 끌어내린다고 생각했었다. 곧 그 자리에 서영동에서 가장 깨끗하고 세련된 건물이 들어설 것이다. 그 마음 하나로 소음과 먼지를 참아냈다. 하지만 인내의 대가는 더 큰 분노와 고통이었다.

경화는 곧장 백은빌딩을 빠져나가 공사장으로 달렸다. 사과나무 원장의 말대로 '한사랑 요양원&데이케어센터' 공사 현장이라는 안내판이 세워져 있었다. 이 자리에 정말 요양원이 들어선다고? 경화는 안내판에 붙은 건축과장의 번호로 전화를 했다. 연결되지 않았다. 다시, 또다시, 또다시 전화를 거는데 누군가 어깨를 툭툭 쳤다.

"지금 구청에 전화하시는 거예요?"

"누구세요?"

"저 현대아파트 입주자대표요."

현대아파트 주민들도 아침에야 이 공사 개요 팻말을 확인했고 지금 입주자회의가 긴급 소집되었다고 한다. 경화가 백은빌딩의 학원장이라고 자신을 소개하자 얼굴이 매끈하고 혈색이 너무 좋아 나이가 잘 가늠되지 않는 입주자대표가 대뜸 악수를 청했다.

"안승복이라고 합니다. 우리도 우리지만 백은빌딩도 참 큰일이네요. 같이 잘 해결해봅시다."

대표의 염려와 응원을 들으니 사태가 실감 나 경화는 몸에 힘이 쪽 빠졌다.

어쩌면 이렇게 감쪽같이 도둑 공사를 할 수가 있느냐고 원장들이 분개했다. 치매 노인들이 근처를 배회하다 학생들에게 위험한 상황이라도 생기면 어쩌느냐고, 아무래도 차량 출입이 많아질 텐데 인근 도로가 혼잡해지는 건 불 보듯 뻔하다고, 구급차가 수시로 사이렌을 울려대면 수업에 방해가 될 거라고, 쓰레기며 악취는 또 어떻게 감당하느냐고 분통을 터뜨렸다. 경화는 악취 얘기까지는 너무 갔지만 나머지는 아주 틀린 말도 아니라고 생각했다.

경화는 현대아파트 입주자대표와 함께 구청을 방문했다. 해당 대지는 준주거지역으로 요양원이나 어린이집 같은 노유자시설 건축이 가능하고 현재로서는 법령을 위반한 부분이 전혀 없다고 했다. 같은 건물에 기존 입주민이 있다면 마찰이 없다는 보증이 필요하지만 이 경우는 신축이고 전체 건물을 노인시설로 사용할 거라서 해당 사항이 없었다.

"전체 건물을요? 지상만 5층이던데 5층을 전부요?"

"네."

"주민들이 반대하면요? 저희는 용납 못 하겠는데요?"

"일단 건축주분하고 대화를 해보시면 좋겠어요. 관련 일을 오래 하셨더라고요. 평생 염원이셨대요."

그러고는 잠깐 망설이다가 덧붙였다.

"요즘 제일 필요한 게 노인시설이에요. 고령화 시대잖아요."

현대아파트 입주자대표는 고령화거나 말거나 주민 동의도 없이 이렇게 허가를 팡팡 내주는 법이 어디 있느냐고 사무실 한가운데서 소란을 피웠다. 아무튼 우리는 요양원 같은 거 허락 못 하니까 그렇게 알라고 자꾸만 큰소리를 내서 경화가 끌어내다시피 데리고 나왔다. 대표는 어떻게든 공사가 진행되는 것을 막아야 한다며 경화에게 물었다.

"원장님 차 뭐예요?"

"차? 자동차요?"

"네."

"아반떼요."

"참 나, 원장이 아반떼가 뭡니까? 못해도 렉서스는 타셔야지. 비싼 차가 필요한데. 이왕이면 외제 차로."

"비싼 외제 차로 뭐 하시게요?"

"공사장 입구에 갖다 놔야죠. 포클레인 못 들어가게."

경화도 백은빌딩 옆에 요양원이 들어오는 것은 싫다. 적당한 위치가 아니라고 생각한다. 건축주 입장에서 생각해도 그렇다. 신념도 좋지만 집값도 땅값도 만만치 않은 서울 한복판에서 요양원과 데이케어센터를 운영하는 게 수지

타산이 맞는 일인가. 그렇다고 공사장 길목을 가로막는다거나 쓰레기를 투척한다거나 인부들과 몸싸움을 할 생각은 없다. 뉴스에서 많이 봤다. 노인이나 어린이, 장애인 시설을 기피하는 이기적인 주민들. 경화는 그런 사람이 되고 싶지는 않았다. 두통이 몰려왔다.

현대아파트 입주자회의와 백은학원연합회는 합동 대책위원회를 구성했고 가장 먼저 공사장으로 들어가는 길목부터 막았다. 경화는 이 동네에 이렇게 좋은 차를 타는 사람들이 많았구나, 진짜 외제 차로 길을 막는구나 새삼 놀랐다. 이제 건축주와 면담을 하고, 설계와 건축 과정에 정말 문제가 없는지 감리사무소에 검토를 의뢰하고, 구청에 중재도 요청해야 한다. 분노와 불안의 회의가 마무리될 즈음 사과나무 원장이 대뜸 자기 아들이 공중파 기자라고 했다.

"말이 안 통한다? 그럼 바로 뉴스 때릴 거니까 걱정들 마세요."

그러자 다들 주변의 언론인, 법조인, 공무원을 들먹였다. 그럴 게 아니라 지금 터뜨립시다! 인터뷰는 제가 할게요! 경화는 당황했다. 공중파 뉴스에 지금 이 상황이 보도된다면, 길목을 가로막은 저 외제 차들이 나온다면, 우리 아

파트 앞에는 절대 안 된다는 인터뷰가 나온다면…… 여론
이 과연 주민 편일까.

경화는 판단 불가의 상태가 되었다. 흥분한 목소리들을
가만히 들으며 스스로에게 물었다. 그래서 지금 내게 중요
한 것은 뭐지? 내가 바라는 것은 뭐지? 일단 학원이 무사해
야 한다. 잘되어야 한다. 바른영어수학학원에 경화네 세 식
구의 생계가 달렸다. 경화는 먹고사는 일을 가장 우선에 두
기로 했다. 버티자. 어떻게 여기까지 왔는데.

퇴근길, 경화는 집 앞 편의점에서 네 캔에 만 원 맥주를
샀다. 비닐봉지를 받지 않으려고 커다란 캔 네 개를 가방에
꾸역꾸역 담았다. 울퉁불퉁하고 차가운 가방을 끌어안으니
심장이 얼어붙는 것 같았다.

도어록 소리를 듣고 찬이가 방에서 나왔다. 경화는 남
의 집에 잘못 들어온 사람처럼 현관에 엉거주춤 서서 거실
로 들어오지 못하고 있었다.

"왜 이렇게 늦게 와요? 술 마셨어요?"

저게 이제 자식이 아니라 상전이구나. 평소에는 방문
꽁꽁 걸어 잠그고 사람이 와도 인사 한번 안 하더니. 경화
는 느리게 신발을 벗고 한 발 한 발 거실로 들어서며 대답

했다.

"아니야. 회의가 있어서."

찬이는 경화의 불룩한 가방을 미심쩍은 눈으로 들여다보다가 불쑥 엄마, 했다. 경화의 심장이 빠르게 뛰었다. 엄마라는 말을 너무 오랜만에 들었다. 세상에 하나뿐인 아들, 찬이 엄마가 아닌 다른 모든 것을 다 포기하게 했던 아들, 숨이 막힐 정도로 종일 엄마, 엄마, 엄마만 찾던 아들. 한때 찬이와 경화는 서로의 자부심이었다. 경화는 우연히 옛 애인을 마주친 것처럼 어색하고 떨리는 마음으로 되물었다.

"으응, 왜?"

"할머니 좀 이상한 거 알아요?"

"할머니가?"

"할머니한테 관심 좀 가져요. 엄마 엄만데."

너나 네 엄마한테 관심 좀 가져봐라. 말은 입안에서만 맴돌았다. 경화는 표정이 구겨지는 것을 겨우 참느라 입술이 한쪽으로 일그러졌다.

"할머니 뭐가 이상하다는 거야?"

"정신 팔려 있는 사람 같아요. 나 한창 게임할 때처럼."

알고 있었구나. 아니, 이제 아는구나.

"알았어. 내일 할머니랑 얘기해볼게."

"엄마."

경화는 또 심장이 쿵 했다.

"왜?"

"할머니 정말, 좀 많이 이상해요."

"그래, 알았어. 너무 걱정하지 마."

"걱정 좀 해요, 엄마. 식구들 걱정 좀 해달라고."

더없이 차가운 얼굴로 말하고 찬이는 방으로 들어가버렸다. 딸각. 잠금 고리 누르는 소리가 방아쇠 당기는 소리로 들렸다. 경화는 가방에서 캔맥주 하나를 꺼내 소파에 기대어 앉았다. 어깨에서 가방을 풀어놓지도 않고 손도 씻지 않고 그 자리에서 한 캔을 다 마셨다.

다음 날 아침, 경화가 늦잠을 자고 일어났을 때 찬이는 이미 학교에 가고 없었다. 친정엄마가 끓여놓은 북엇국을 대접째 들고 후루룩 마시고 나서야 찬이의 당부가 생각났다.

"엄마는 아침 먹었어?"

"응?"

"아침 먹었냐고. 찬이랑 먹었어?"

"아침."

친정엄마는 마치 '아침'이라는 단어를 처음 듣는 사람

처럼 멍한 얼굴로 경화의 말을 따라 했다. 찬이가 했던 말이 무슨 뜻인지 알 것 같았다. 정말 찬이가 게임에 빠졌을 때의 얼굴이었다.

"엄마, 요즘 무슨 일 있어? 찬이가 걱정하던데."

"내가 무슨 일이 있어. 아무 일도 없지. 아무 일도 없다, 나는."

아무 일도 없다는 말을 반복하는 친정엄마의 눈이 왠지 공허했다. 그러고 보니 요즘 저런 눈을 자주 마주쳤다. 그저 늙으셨나 보다, 뭔가 또 깜빡하셨나 보다 대수롭지 않게 넘겨왔다. 며칠 전에는 냉장고 채소 칸에서 흥건하게 물이 고인 비닐봉지가 하나 나오기도 했다. 경화는 노망났냐고 반쯤 농담을 섞어 엄마를 탓했었다. 엄마는 그때도 공허한 눈으로 그런가 보다, 대답했다. 경화는 뒤늦게 불안했고 엄마가 안쓰러웠다.

"나 밥 먹고 겨울 패딩 사러 가려고. 엄마 것도 하나 사자."

"그럼 고맙지."

"씻었어? 얼른 씻고 옷 입어. 같이 나가."

"그냥 알아서 사다 줘."

"그러지 말고 같이 가. 입어보고 맘에 드는 걸로 골라."

엄마는 가스레인지를 닦던 행주를 개수대에 던져놓고 화장실로 들어갔다. 그런데 한참 동안 화장실에서 물소리가 나지 않았다. 경화는 엄마를 부르려다가 말고 발뒤꿈치를 들고 살금살금 화장실 쪽으로 걸어갔다. 오른손에 칫솔을 든 엄마는 가만히 거울을 보고 있었다. 칫솔에는 치약이 묻어 있지 않았다. 경화는 찬이가 자신을 불러주던 순간보다 더 떨리는 마음으로 엄마, 하고 불렀다. 거울을 통해 엄마와 눈이 마주쳤다.

"안 씻고 뭐 해?"

"뭐를?"

"응?"

"이거를, 어떻게 하더라?"

경화는 울컥 눈물이 나오려는 것을 간신히 참았다.

경화는 약속되어 있던 건축주 면담에도 구청 방문에도 참석하지 못했다. 그 시간에 친정엄마를 치매안심센터에 모시고 가서 선별검사를 받았다. 엄마는 인지 저하로 판명되었고 센터를 통해 연계 병원을 예약할 수 있었다.

엄마가 먹거나 씻거나 잘 때, 아니 일상의 모든 순간들, 그러니까 서고 앉고 발걸음을 옮기고 옷소매에 팔을 꿰고 바지춤을 올리고 변기에 앉는 순간에도 경화는 마음을 놓지 못했다.

함께 아침을 먹은 후, 엄마는 화장실에 가고 경화가 설거지를 하고 있을 때였다. 물소리와 거품의 감촉에 집중하다 문득 돌아봤는데 화장실 문이 여전히 닫혀 있었다. 갑자기 무서운 생각이 들었다. 경화는 두 손에서 물과 거품을 뚝뚝 떨어뜨리면서 화장실로 달려가 문을 쾅쾅 두드렸다. 엄마! 엄마! 거품으로 화장실 문과 경화의 얼굴이 엉망이 되었을 때, 어디선가 엄마의 목소리가 들렸다.

"경화야."

엄마가 놀란 얼굴을 하고 안방 문 앞에 서 있었다. 경화가 화장실 문손잡이를 잡아 밀자 부드럽게 문이 열렸다. 화장실 안에는 아무도 없고 불은 꺼져 있었다. 경화는 그 자리에 주저앉아버렸다. 엄마가 다가와 경화의 어깨를 가만가만 쓸었다.

"엄마 아직 괜찮아. 혼자 너무 애쓰지 마."

엄마는 엄마 몸 관리나 잘하라는 말이 목구멍까지 올라왔지만 경화는 꾹꾹 참았다.

"나도 괜찮아. 괜찮아요."

경화는 너무 오래 손 놓고 있던 집안일을 다시 떠맡고,

찬이의 공부와 학원 일정과 간식도 챙겼다. 거기에 학원 수업까지 하고 나면 시간에 대한 감각이 사라지고 허리와 골반과 팔, 다리, 손가락 관절 하나하나가 다 부서지는 것 같았다. 그래도 엄마만 괜찮다면, 아무 일 없다면 버틸 수 있다고 생각했다. 정밀검사 예약일에 동그라미 표시가 된 달력을 볼 때마다 후회했고 간절했다.

동생에게 알려야 할까. 하나뿐인 남동생은 목소리도 생각나지 않는다. 다투거나 사이가 안 좋은 것은 아닌데 나이를 먹고 각자 가정을 꾸리며 자연스럽게 그렇게 되었다. 명절이나 엄마 생신에만 약속 날짜를 잡느라 잠깐 메시지를 주고받는 정도다. 괜히 미리 걱정하게 만들어 뭐하나 싶다가도 갑자기 결과만 툭 전하면 더 당황하지 않을까 싶기도 했다.

출근하며 동생에게 전화를 걸었다. 며칠 사이 엄마와 경화에게 일어났던 일들을 차근차근 설명하고 내일 검사하는 날인데 병원에 오겠느냐고 물었다. 동생은 한참 말이 없다가 경화에게 되물었다.

"그러니까 엄마가 치매 같다는 거야?"

"정확한 건 정밀검사를 해봐야 아는데, 선별검사 점수가 낮은 편이긴 해. 그래도 요즘은 약으로 진행을 늦출 수도 있고 센터 수업도 도움이 많이 된대. 치매라 하더라도 충분히 관리 가능하니까 너무 겁먹지 말래."

"누가 그래?"

"보건소 치매 센터 선생님이."

"누나."

"갑자기 놀랐지? 나도 처음에 너무 놀랐어. 엄마한테 미안하기도 하고."

"그게 아니라……. 이제껏 엄마가 누나 살림이며 찬이 키우는 거 다 맡아준 거 잊지 마."

경화는 우뚝 걸음을 멈추었다. 무슨 뜻이냐고 묻고 싶었는데 선뜻 말이 나오지 않았다. 사실 동생이 왜 그런 말을 했는지 알고 있다. 동생 말이 틀린 것도 아니고. 불쌍한 엄마. 자식들 다 키워놓고 다시 손주를 키우고 딸 집 살림까지 하느라 한순간도 쉬지 못한 엄마. 자기 인생은 살아보지도 못한 엄마. 그러다 누군가의 돌봄이 필요해진 엄마.

"내가 알아서 해. 엄마 내가 책임질 거야. 그래도 네가 알고는 있어야지. 너도 엄마 아들이잖아."

전화기 너머가 고요했다. 한참 만에 동생이 말했다.

"누가 뭐래. 근데 나 내일은 시간이 안 돼. 미리 얘기를 해줬어야지."

"나도 정신없었어. 알았어. 병원 갔다 와서 연락할게."

전화를 끊자마자 이번에는 사과나무 원장에게 전화가 왔다.

"회장님 어디예요? 무슨 통화를 그렇게 오래 하고 그래, 정말. 지금 난리 났어! 빨리 현장으로 와요. 빨리!"

"현장이요?"

"공사장, 공사장! 근데 지금 어디야? 근처야? 바로 와요!"

경화가 대답도 하기 전에 전화가 끊겼다. 곧 수업 시작 시간이다. 하지만 대책위 일에 너무 신경을 못 쓰기는 했다. 경화는 백은빌딩으로 들어가려다 말고 방향을 틀어 공사장 쪽으로 뛰었다.

경광등의 빨갛고 파란 불빛이 빙글빙글 돌아가고 있었다. 설마 경찰차가 온 건가? 공사장 입구는 여전히 외제 차들로 막혀 있고 그 뒤로 포클레인과 트럭이 진입을 시도하다 멈춘 듯 어정쩡하게 서 있었다. 사람들이 많았다. 현대아파트 주민이나 백은빌딩 학원장 같은 낯익은 얼굴들도, 인부나 행인인 듯 낯선 얼굴들도, 경찰도 보였다. 좀 더 다가가니 현대아파트 입주자대표가 경찰에게 어깨를 잡힌 채

흥분해 삿대질하는 모습이 눈에 들어왔다. 덜컥 겁이 났다. 경화가 그대로 다시 돌아서 도망치려는데 거친 손이 경화의 손목을 잡았다.

"왜 이제야 오셨어요!"

레몬영어 원장 미키 한이었다. 미키 한은 무리를 헤집고 경화를 공사장 안으로 데리고 들어갔다. 방송사 로고가 붙은 제법 커다란 카메라 한 대가 부지런히 돌아다니고, 소형 캠코더나 휴대전화로 촬영하고 있는 사람은 너무 많아 그냥 구경꾼들인지 기자인지 건축주나 구청 쪽 사람들인지도 알 수 없었다.

"말 통하는 사람인 줄 알았더니, 응? 이런 식으로 뒤통수를 쳐? 응?"

현대 입주자대표는 여전히 흥분 상태였다.

"내내 삽질 한 번 안 하고 있다가 갑자기 인부들 부르고, 포클레인 부르고, 그래 놓고 주민들이 방해하는 것처럼 뉴스를 내려고? 이거 사기야, 사기! 우리는 뭐 아는 기자 없는 줄 알아?"

그러고는 경찰의 손을 뿌리치고 구경꾼들을 향해 달려들었다. 다들 어어억, 비명을 지르며 뒤로 물러났다. 물러서며 부딪치고 넘어지고 밟고 밟혔고, 대표는 아랑곳 않고 더

날뛰었고, 경찰은 대표를 뒤에서 끌어안다시피 붙잡았다.

"어허, 대표님! 여기 철근에 벽돌에 유리에, 넘어지시면 큰일 나요!"

방송사 카메라는 여전히 아수라장을 누비며 모든 장면을 기록하고 있었다. 그때 팔짱을 끼고 서 있던 젊은 남자가 두 걸음 앞으로 나섰다.

"선생님, 일단 진정하시고요. 저희가 결론을 미리 내려놓은 게 아닙니다. 갈등 상황이 있다고 해서 알아보려는 거예요. 입장이 조금 다르신 것 같은데, 저희가 양쪽 얘기를 똑같이 들어볼게요."

경화가 낮은 목소리로 미키 한에게 물었다. 누구예요? 미키 한이 더 소곤소곤 대답했다. 기자요. 경화는 기자의 제안이 타당하다고 생각했지만 대표는 그렇지 않은 듯했다.

"웃기고 있네. 네가 판사야, 이 새끼야?"

그리고 또 기자를 향해 달려들었고 이번에는 두 명의 경찰이 양쪽에서 대표의 양팔을 붙잡았다. 그때 사과나무 원장이 나섰다.

"그럽시다! 제가 얘기할게요. 저하고 인터뷰하세요."

자신의 생각이 부끄럽거나 잘못되었다고 생각하지는 않지만 학생들을 가르치는 사람이니 얼굴은 모자이크해달라고 정중하게 요청했다. 그리고 노인을 혐오하는 것도 아니고, 우리 집 근처만은 안 된다는 이기적인 마음도 아니라는 말로 인터뷰를 시작했다. 그는 바로 옆 건물인 백은빌딩이 학원 밀집 건물이라는 점을 강조했다. 어린 학생들의 생활권에 노인시설이 어울리지도 않고 안전 측면에서도 바람직하지 않다고 주장했다.

"나도 환갑이 넘었어요. 나도 노인입니다. 노인이 보기에도 이건 아니에요."

기자는 사과나무 원장의 눈을 보고 고개를 끄덕이며 간간이 수첩에 메모도 하면서 경청했다. 그리고 주변을 둘러보며 물었다.

"한 분만 더 말씀해주시면 좋겠는데요. 현대아파트 주민이나 백은빌딩 종사자분 중에서요."

선생님께 지목을 받을까 긴장한 학생들처럼 모두 시선을 피했다. 경화도 마찬가지였다. 수업은 어떻게 되어가나, 그냥 학원이나 갈걸, 처음부터 회장이니 하는 감투를 떠맡지 말았어야 했는데, 후회하고 있었다.

"우리 회장님이 하시면 되겠다!"

또 미키 한이었다. 미키 한은 경화의 어깨를 쿡쿡 찔렀다. 경화는 상체가 앞으로 기울어진 채로 두 발을 바닥에 딱 붙이고 버텼다. 힘껏 버텼지만 다른 원장들과 현대아파트 동대표들까지 다가와 한 번씩 찌르고 밀치고 건드려서 말 그대로 등을 떠밀렸다. 아니, 저는, 인터뷰는, 좀, 아니지 않나, 같은 말들을 중얼거렸지만 아무도 들어주지 않았다.

기자는 경화에게 얼굴이 나가도 되느냐고 물었다. 경화는 두 손을 들어 세차게 흔들며 아니요, 아니요, 아니요, 라고 세 번 대답했다. 기자가 카메라맨을 돌아보며 화면을 발에 걸고 목소리만 따달라고 말했다. 경화는 뭔가 잘못되고 있다고, 도망쳐야 한다고 생각은 했는데 몸이 묶인 것처럼 뜻대로 움직여지지 않았다. 오른쪽 눈가에서 미세하게 경련이 일어났다.

"자, 시작할게요. 제 질문에 너무 구애받지 마시고 편하게 하고 싶은 말씀 하시면 돼요."

경화는 인터뷰가 정말 싫으면서도 침을 한번 꼴깍 삼키고 혀로 입술을 축였다. 기자가 물었다.

"이 자리에 노인 요양원이 지어진다는 거죠?"

"그렇다네요."

"어떻게 생각하세요?"

"음…… 저는 좋아요."

"네?"

"요양원 생기면 좋겠어요. 빨리, 완공되면 좋겠어요."

경화는 찬이에게 전화해야 하는데, 생각했다. 며칠 사이 찬이에게 전화해 어디냐고, 학원 끝났냐고, 끝나면 바로 집에 가서 할머니 좀 챙기라고 자주 말했다. 이제껏 엄마에게 찬이를 부탁했었는데 이제 찬이에게 엄마를 맡긴다. 자식도 부모도 책임지지 못하는 인생. 경화는 스스로가 너무 가볍고 하찮아 견딜 수가 없었다.

학원을 포기할 수 없다. 찬이도 포기할 수 없다. 경화 자신도 포기할 수 없다. 엄마를, 늙고 지쳐 기억이 옅어져가는 엄마를 포기할 수도 없다. 서영동에, 자신의 학원이 있는 백은빌딩 바로 앞에, 요양원이 얼른 들어와야 한다. 꼭 필요하다.

"바로, 이 자리에, 데이케어센터와 노인 요양원이 빨리, 최대한 빨리, 지어지면 좋겠습니다!"

경화는 한 단어 한 단어 힘을 주어 다시 한번 말했다. 원장님, 회장님, 지금 무슨 소리 하시는 거예요? 하는 목소리들을 뒤로하고 경화는 아수라장에서 도망치듯 빠져나왔다. 이번에도 미키 한이 어디선가 나타나 경화의 손목을 꽉 붙들었다.

"회장님!"

"왜요?"

"어디 가시려고요?"

"수업 가려고요!"

경화가 더 힘껏 손을 뿌리치고 돌아서는데 미키 한이 소리쳤다.

"혼자 생각 있는 척하지 마요. 카메라 없을 때는 우리 랑 똑같은 소리 했으면서."

카메라가 있고 없어서가 아니라 그냥 제 처지가 달라졌 어요. 그때도 지금도 저는 아무 생각이 없고 이런 제가 한 심하고 답답하고 부끄러워요. 부끄럽다고요. 이제 와 부끄 럽다고 말하는 것도 부끄러워요. 경화는 결국 아무 말도 하 지 못했다.

현장에서 나오며 긁혔는지 오른쪽 팔뚝에서 검붉은 피 가 뚝뚝 떨어졌다. 경화는 당황해 아픈 줄도 몰랐다. 상처 부위를 일단 왼손으로 감쌌는데 손가락 틈으로 피가 새어 나왔다. 지나던 사람들이 놀란 눈으로 경화를 피했다. 피는 더럽거나 위험한 것이 아니고 사고나 불운이 옮겨가는 것 도 아니다. 저는 그냥 조금 다쳤을 뿐입니다. 아픈 사람이라 고요. 도움과 위로가 필요한 사람이라고요! 경화는 억울하 고 서러웠다. 그리고 그 마음이 염치없어 부끄러웠다.

교양 있는 서울 시민 희진

'윗집 또 시작'

'미치겠어'

'엄마!'

'엄마'

'엄마'

'엄마'

'왜 답 안 해?'

윤슬이 연달아 톡을 보냈다. 희진은 사무실 책상에 놓여 있는 휴대폰을 가만히 보기만 했다. 미리 보기에 뜬 내용만으로도 윤슬의 상태를 짐작할 수 있었다. 엄마가 관리실에 전화해볼게, 주말에 올라가서 얘기할게, 조금만 참아주라, 하는 말들은 더 이상 윤슬을 진정시키지 못했다. 희진도 울고 싶었다. 솔직히 화도 났다. 회사에 있는 나보고 어

쩌라는 거야? 그리고 왜 나한테만 이러는 건데? 아빠한테
는 왜 아무 말도 안 해? 말들을 뜨거운 커피와 함께 꿀꺽 삼
켰다. 목구멍을 다 데었다.

휴대폰은 잠잠해지고 일은 몰아쳐 희진은 윤슬의 호소
를 잠깐 잊었다. 회의 시간이 다 되어서 자료 파일을 챙기
고 있는데 윤슬에게 전화가 걸려 왔다. 윤슬이 울고 있었다.

"아래층에서 스피커 켰어. 어지러워."

"그럼 일단 독서실로 가."

"아직 실시간 수업 한 교시 남았어."

"학교에 말하면 돼. 독서실 갔다가 2시에 학원 자습실
로 가. 엄마가 원장 선생님한테 얘기해뒀어."

가족들은 열심히 집에서 도망치고 있었다. 희진의 모
든 것, 45년 인생 최고의 성취, 네 식구의 안식처, 서영동 동
아1차아파트 115동 1102호가 이렇게 끔찍한 악몽의 공간이
될 줄은 몰랐다.

윗집 둘째는 유치원에서 돌아오는 오후 3시부터 잠이
드는 밤 12시까지 쉴 새 없이 뛰었다. 코로나 때문에 휴원
이 잦은지 아침부터 뛰는 날도 많았다. 괴롭지만 참았다. 문
제는 아랫집의 격렬한 항의였다. 희진의 가족들은 12층에
서 뛰는 거라고, 우리도 시끄럽다고 말했지만 10층 남자는

믿어주지 않았다. 수시로 와서 벨을 누르고 문을 두드리고 고함을 질렀다.

어떻게 여기까지 왔는데. 이 집이 어떤 집인데. 생각하면 분해서 희진은 자기도 모르게 주먹이 꼭 쥐어졌다.

*

신혼집은 전세 보증금 7천짜리 다세대주택이었다. 그나마 3천은 대출을 받았다. 전세로 사는 동안 계약 기간 2년을 채운 적이 없다. 지역이 재개발되면서, 주인집 아들이 결혼하면서, 실거주를 원하는 새 주인에게 집이 팔리면서 계속 계속 집을 비워주어야 했다. 남편은 그냥 버티자고 했다. 그깟 이사비니 위로금이니 안 받으면 그만이라고, 분명 계약서에 기간이 명기되어 있으니 나가지 않아도 된다는 것이었다. 희진은 이사하는 쪽을 선택했다. 어차피 영원히 살 수 있는 집도 아닌데 몇 달 며칠 더 버티고 있는다고 달라질 것도 없고, 서로 감정 상해 좋을 것도 없다고 생각했다.

이사를 다니는 동안 가구도 가전도 많이 상했다. 무엇보다 코너 장식장을 못 쓰게 된 것이 두고두고 아쉬웠다. 목공을 배우던 후배가 신혼집 안방 모서리 공간에 딱 맞게 만들어 준 것이다. 위에는 액자와 꽃병을 올려놓고 서랍에 잡동사니도 넣어두며 요긴하게 잘 썼다. 그런데 이사를 하고 놓을 자리가 마땅치 않아 옥상 창고에 보관했더니 온통 곰팡이로 뒤덮여버렸다.

　동아1차아파트로 이사한 해에 윤슬이 태어났다. 윤슬을 키운 것은 대단지 아파트였다. 아기 때는 옆 동의 시터 이모님께 맡겼고, 세 살 때 앞 동 1층의 가정어린이집에 보냈고, 다섯 살 때 관리동 1층의 유치원에 보냈다. 단지 안의 초등학교에 보내면 되겠다고 생각하고 있을 때, 집주인이 전세 계약 만료를 통보해왔다. 보증금을 올려 새 세입자와 계약하려는 것 같았다. 희진이 시세에 맞춰 보증금을 올려주겠다고 했지만 집주인은 무슨 이유인지 집을 비워달라고만 했다. 그날 부부는 늦도록 술을 마셨다.

　"집을 살까?"

　희진이 물었다.

　"무슨 돈으로?"

　"대출받으면 되지. 다들 그렇게 산대. 빚도 자산이라는 말 몰라? 빚테크."

　"빚은 빚이지 빚이 왜 자산이야?"

　"지금도 전세 대출 있잖아. 빚지고는 안 살아본 사람처럼 왜 그래?"

"그 돈이랑 그 돈이랑 같아? 빚이 억 단위로 있다고 생
각해봐. 숨 막혀. 나는 자신 없다."

자신 없는 남편 몰래 희진은 근처 부동산을 다니며 급
매가 나오면 연락 달라고 번호를 남겨놓고 은행에 대출을
알아보고 퇴직금 중간 정산 금액을 확인해두었다. 같은 단
지 25평형을 매매하기로 마음먹었다. 남편 말대로 억 단위
의 대출이 필요했다. 그래도 대출받아 내 집 마련을 하는
쪽이 여러모로 나을 거라는 확신이 있었다. 집값이 올라 자
산이 불어나주기를 기대하는 것은 아니었다. 어차피 깔고
사는 집인데 그 값이 오르건 말건 사는 동안은 아무 의미가
없다. 그저 마음 편히 윤슬을 키우고 싶었다. 예측할 수 있
는 생활을 하고 싶었다.

늦은 퇴근길, 희진이 단지 상가 앞을 지나는데 1층에 있
는 부동산들 중 딱 한 곳, 동아부동산만 불이 켜져 있었다.
유리문 너머의 여자 사장님이 왠지 믿음직해 보였다. 번호
만 남기고 나올 생각으로 들어갔는데 사장님이 믹스커피가
담긴 종이컵을 내밀며 희진을 소파에 앉혔다.

"급매 찾지 말고 살기 좋은 집을 찾아봐요. 실거주할
거 아니야?"

"맞아요."

"몇 년 동안 집값 그대로야. 많이 오르지도 않고 내리지도 않았어요. 전쟁이라도 터지지 않는 한 계속 비슷하지 않을까? 이럴 때는 급매도 잘 안 나오더라고. 그러니까 사는 동안 만족스러울 집을 찾아보면 어때요? 15층 정도에 햇빛 잘 드는 중간 집으로."

맞는 말이었다. 희진은 동의의 뜻으로 고개를 끄덕이며 되물었다.

"그런 집은 있어요?"

"103동 1402호. 103동이 정남향이잖아요. 그리고 14층이라 앞에 가리는 게 없어. 탁 트여서 볕도 잘 들고 중간 집이라 따뜻하고. 3억 2천에 나왔는데 내가 잘 얘기해볼게. 할래요?"

"3억 이하라면 할 수 있어요."

"매도자분도 자존심이 있죠. 그렇게까지는 안 하실 거야. 내가 3억에서 3억 천 사이로 낮추면 살래요? 지금 확답을 주면 나도 책임지고 가격 만들어볼게."

지금 이 자리에서? 바로? 대답을 하라고? 말도 안 되는 상황이라고 생각하면서도 답했다.

"네. 살게요."

희진은 서영동 동아1차아파트 103동 1402호를 3억 8백만 원에 매수했다. 계약금을 입금한 후에야 남편에게 얘기했고, 남편은 겁도 없다며 고개를 절레절레 저었다.

안방에는 붙박이장을, 주방에는 싱크대와 연결해 아일랜드 식탁을 설치했다. 이미 뚫려 있는 실외기 배관 구멍을 막고 반대쪽에 에어컨을 세웠다. 거실 한쪽 벽면에 책장을 짜 넣었고 벽지와 싱크대와 방문, 몰딩, 새시를 모두 화이트 톤으로 맞추었다. 이렇게 살고 싶었다. 취향에 맞게 식구들에 맞게 집에 꼭 맞게. 연두색 싱크대도, 나무색 방문도, 체리색 몰딩도, 반짝이는 알루미늄 새시도 싫었다. 희진이라고 미감이 없고 관심이 없어서 그냥 살았던 것이 아니다.

희진은 베란다에 다육식물을 들였고 윤슬은 자기 방문에 가족사진을 붙였다. 남편은 주말이면 프렌치토스트로 아침을 차렸다. 레시피를 검색해 꽃게탕도 끓이고 파스타도 만들고 쿠키도 구웠다. 그럴 때면 항상 콧노래로 캐럴을 흥얼거렸다. 남편은 요리가 싫었던 것이 아니라 낡고 지저분한 주방이 싫었던 것 같다고 말했다.

행복했다. 1402호에 사는 동안 늦둥이도 낳았다. 그렇게 4년쯤 살다 보니 둘째도 있는데 집이 조금 좁은 게 아닌가 생각이 들었다. 희진은 34평을 살 걸 그랬다고 후회했지만, 그사이 25평형도 34평형도 똑같이 시세가 1억 정도 올라 있었다. 이런저런 번거로운 절차와 소소한 비용이 또 필요해진 건 맞지만 처음부터 34평을 구입했든, 25평에서 갈아타든 크게 다를 것은 없는 상황이었다. 달력과 통장을 펼쳐두고 계산기를 두드리며 열심히 부동산 사이트를 뒤지는 희진을 보며 남편이 머뭇머뭇 고맙다고 말했다.

"다 자기 덕분이야. 그때 집 안 샀으면 우리 지금 넓혀가지도 못했을 거야. 앞으로 나는 무조건 자기 말만 들을게. 자기가 하라는 대로 할게."

희진은 아니라고, 신중하고 성실한 당신이 좋다고, 우리 가족의 성취는 가족구성원 모두의 것이라고, 마음에도 없는 소리를 하고 싶지는 않았다.

"그러게. 당신은 나 업고 다녀야 된다니까. 늘 고마운 마음 갖고 평생 잘해. 알았지?"

남편은 선선히 고개를 끄덕였다.

4년 전, 1402호 계약서를 쓰고는 불안해 잠이 오지 않았다. 계약금과 중도금을 송금할 때마다 손이 덜덜 떨렸다. 서류상의 매도자가 사실은 사기꾼이라거나 이중 삼중 계약

을 해서 이샛날 또 다른 매수자와 맞닥뜨린다거나 하는 상
상을 했다. 동아부동산 사장님은 문제 생기지 않도록 잘 확
인하고 있다고 중간에 등기부 등본을 조회해 한 번 더 보내
주고, 부동산들이 공유하는 매매 자료들도 보여주며 희진
을 안심시켰더랬다.

희진은 이번에도 동아부동산을 찾아갔다. 사장님은 고
개를 끄덕이며 갈아탈 때 됐지, 했다.

"그때 그 선택이 얼마나 탁월했는지 이제 알게 될 거예
요. 내가 값 제대로 받아드릴게."

그리고 여유 자금, 가능한 이사 날짜, 원하는 구조, 선
호하는 방향과 층, 인테리어 공사 가능 여부 등을 꼼꼼하게
묻더니 새집도 걱정 말라고 했다.

"나는 자기야, 이 일에 되게 자부심 있다?"

"네?"

"부동산 이미지가 솔직히 그렇잖아요. 괜히 가만있는
집주인들 부추겨서 보증금 올려놓고, 일단 계약 성사시키
려고 집값 후려치고, 하는 일도 없으면서 수수료만 엄청 챙
긴다, 뭐 그렇게들 생각하지 않나?"

"전 아닌데요."

희진은 대체로 아무 생각이 없다. 일하고 애 키우고 먹

고살기 바빠서 타인의 노동과 신념까지 신경 쓸 겨를이 없었다.

"그래. 관심 없어 보이긴 하더라. 근데 나는요, 집이 엄청 중요하다고 생각하는 사람이야. 우리가 종일 밖에서 얼마나 시달려? 그렇게 젖은 신문지 꼴로 집에 들어왔을 때, 이야, 이제 살 것 같다, 소리가 나와야 되는 거 아니에요? 집이 크건 작건 간에. 자가건 전세건 간에. 나는 우리 손님들한테 그런 집 찾아주고 싶어요."

희진은 고개를 끄덕였다. 그러시구나. 좋은 태도다. 괜한 말이 아니라 실제로 그런 마음으로 일하는 것 같아 보였다. 그런데요, 사장님. 저는 전세보다는 자가인 게 좋고요, 작은 집보다는 큰 집이 좋아요. 집값 오르는 거 느긋하게 보면서 그때 무리해서 사길 잘했지, 그때 안 샀으면 지금 넓혀가지도 못했지, 하는 기분도 썩 나쁘지는 않더라고요. 제가 이런 말을 하면 속물이고 투기꾼이라고 생각하시겠죠? 그래서 말하지는 않으려고요. 생각이야 참을 수 없지만 말은 가릴 줄 알거든요. 이게 현대인의 교양이죠.

"잘 팔아주시고 잘 사주세요. 부탁드려요."

"걱정 마. 나만 믿고 기다려요. 여기저기 들쑤시고 다니면서 소문내고 고생하고 그러지 마. 내가 딱 맞는 집으로 찾아줄게."

　동아부동산 사장님은 로열동 로열층을 내세워 1402호를 신고가로 팔아주었다. 그리고 이번에도 햇빛 잘 드는 정남향 15층 중간 집을 구해주었다. 일관성 있네. 희진은 또 한번 사장님께 감탄했다. 게다가 이번 집은 2년 전쯤 전체 인테리어 공사를 해서 손볼 곳도 없었다. 고장 난 화장실 조명 하나만 고쳤다. 희진은 3억 8백에 매수했던 25평형 1402호를 4년 만에 4억 5천에 매도하고, 34평형 1503호를 5억 5천에 매수했다. 그사이 열심히 갚아 대출금은 절반으로 줄어 있었다.

　마루가 주방부터 우다다다 뛰어오다가 소파에 기대어 앉아 있는 윤슬의 발을 밟았다. 그러고는 비틀비틀 중심을 잃더니 윤슬에게로 기대듯 넘어져버렸다. 윤슬이 깔깔 웃으며 말했다.

　"강마루 이 강아지 망아지야!"

　희진은 남매의 모습이 낯설었다. 그동안 윤슬은 마루가 조금만 치대도 아프다, 무겁다, 다쳤다며 짜증을 냈었다. 동생을 괴롭히는 애들이야 너무 흔하고 동생이 태어나면 갑자기 대소변 실수를 하거나 혼자 못 자는 등의 퇴행 행동을 보이는 아이들도 많단다. 그래도 여자애니까, 터울이 나니까 괜찮을 거라고 생각했다. 그래서 더 실망스럽고 화도 났었다.

세 살밖에 안 되는 동생이 뭐가 무겁다고 그러느냐, 누나니까 좀 참아라, 희진은 윤슬을 혼내기만 했다. 어린애가 왜 저렇게 예민할까, 까칠할까, 대체 뭐가 문제일까 답답했다. 새집 정리를 마치고서야 알았다. 1402호는 윤슬에게 자신의 공간이었던 것이다. 선반에는 윤슬의 성장 과정을 담은 액자가 줄지어 놓여 있고, 책장에는 윤슬의 책들이 꽂혀 있고, 냉장고에는 윤슬의 학교 급식 식단표와 통신문이 붙어 있고, 장식장에는 윤슬이 만든 각종 공작품이 채워져 있었다.

마루가 태어나고 달라졌다. 거실에 마루의 기저귀와 로션, 내복 등을 담아놓는 커다란 바구니가 굴러다니기 시작했다. 마루의 장난감 수납함이 생겼고, 윤슬의 사진 액자 사이사이 마루의 사진 액자가 놓였고, 책장 맨아래 칸에 마루의 책이 꽂혔다. 한번은 윤슬이 마루의 사진을 다 엎어놓은 적이 있었다. 원래대로 세워놓으래도 윤슬은 소리를 지르며 끝까지 말을 듣지 않았다. 윤슬이 하도 울며불며 흥분해 희진이 질려버릴 정도였다.

1503호로 이사하며 가장 작은 방을 마루에게 내주었

다. 마루의 물건은 마루 방에, 윤슬의 물건은 윤슬 방에, 부부의 물건은 되도록 부부의 방에 수납하고 거실과 주방은 공용 공간으로 꾸몄다. 희진은 더 이상 아이들의 집에 얹혀 사는 기분을 느끼고 싶지 않았다. 그렇게 집을 정리하고 나서야 윤슬도 그랬을 거라는 생각이 들었다. 마루가 태어나고 마루의 물건들로 집이 채워지는 동안 혼란스럽지 않았을까. 뭔가 뺏긴 기분이 들지 않았을까. 윤슬이 뛰고, 장난치고, 자신에게 부딪쳐 오는 마루를 여유롭게 보아 넘길 수 있게 된 것은 집과 공간이 새롭게 정의되었기 때문인지도 몰랐다.

희진도 새집이 좋았다. 행복했다. 1402호에 살 때보다 적어도 9평만큼은 더 행복했다. 그리고 곧 서울 아파트값이 꿈틀거리기 시작했다.

"당신 말 듣기를 진짜 잘했어. 처음에 집 산 것도 너무 잘했고, 갈아탄 것도 너무 잘했고."

남편은 수시로 부동산 사이트에 들어가 시세와 실거래가를 확인했다. 신고가를 경신할 때마다 싱글벙글했다. 어차피 현금화하지 못하면 아무 의미 없는데 뭐가 그렇게 좋으냐고 희진이 물었다.

"일단 기분이 좋잖아. 그리고 다른 지역으로 이사 가거나 더 넓은 평수로 옮겨야 할 때, 우리 집값도 평균 상승 폭만큼은 올라 있어야 하지 않겠어? 그래야 이번에 갈아탔던 것처럼 무난하게 갈아타지."

언젠가 서영동을, 지금 사는 단지를 떠나게 될 수도 있다. 집에서 일을 많이 하는 자신을 위해 방이 하나 더 있으면, 하고 바라기도 했다. 그렇지. 지금 집도 마지막 집은 아니겠지. 아니어야지.

이때부터 희진에게는 집이 매우 훌륭한 자산 증식의 수단으로 보였다. 그렇다고 임대 사업을 한다거나 시세 차익을 노려 부동산을 사고파는 등의 적극적인 투자는 할 수 없었다. 여유 자금이 없었다. 가족이 가진 모든 것이 1503호에 깔려 있었다.

희진은 출퇴근 지하철에서 각종 부동산과 재테크 카페들을 돌아보고 밤마다 케이블의 부동산 TV를 켜놓고 잠들었다. 재개발 지역의 주택이나 재건축이 가까워 보이는 수십 년 된 아파트를 알아보기도 했다. 하지만 복잡하고 불안정한 투자처에 자금을 밀어 넣을 수는 없었다. 결국 희진은 전세가 들어 있는 단지 내 42평형을 사놓기로 했다. 동아부동산을 찾아갔더니 사장님이 피식 웃었다.

"자기 제법이다?"

희진은 1503호 매수 6개월 만에 동아부동산 사장님의 중개로 6억 전세를 끼고 8억에 42평형을 추가 매수했다. 그러느라 2억을 더 대출받았는데 아무렇지도 않았다.

2년 후, 임차인을 내보내고 희진의 가족이 입주할 때는 42평형의 시세가 11억이 되어 있었다. 희진은 1503호를 9억 5천에 팔았다. 전세 보증금을 내주고 대출금을 갚고도 제법 목돈을 손에 쥐었다. 그동안의 대출 이자를 빼더라도 한참 이익이었다. 시세 11억 아파트에 현금 플러스알파.

1503호 매도 계약서에 도장을 팡팡 찍고 나오며 남편은 구억, 구우억, 구우우우억, 하고 장난을 쳤다. 희진도 들떠 말했다.

"좀 더 갖고 있었으면 진짜 10억 찍었을지도 몰라."

"월급쟁이 10억 만들기, 뭐 이런 재테크 카페 있지 않았나?"

"지금도 있어."

"예전에는 진짜 말도 안 되는 금액이라고 생각했는데. 꿈같은, 비현실적인."

"운이 좋았지."

"아니, 당신이 똑똑해서 그렇지. 우리 마누라 최고다, 진짜."

남편의 칭찬에 희진은 마음이 되레 이상해졌다. 유별나게 열렬하거나 애틋한 연애를 한 것은 아니지만 아무튼 사랑해서 결혼했다. 남편의 가치관과 생활습관을 존중하려 노력했고, 딸 하나 아들 하나 잘 키웠고, 회사도 성실하게 다녔다. 이 정도면 제법 괜찮은 사람이고 삶이라고, 좋은 아내라고 자부해왔다. 그런데 남편에게는 희진이 자산 관리를 잘해서, 부동산 투자를 잘해서, 결국 10억을 만들어내서 최고의 아내인 걸까.

　　그날은 희진의 월급날이기도 했다. 늦은 오후, 통장에 찍힌 금액을 보는데 왠지 허탈했다. 직장 생활 20년 차. 월급이 들어올 때마다 한 달 내내 온갖 힘들고 더러운 꼴 참아낸 대가구나, 그래도 덕분에 또 한 달 먹고살겠구나, 생각했었다. 다행이고 서럽고 고맙고 치사한 돈. 노동과 재능과 시간에 대한 보상. 밥줄. 생명줄. 그런데 그날은 자신의 월급이 너무 보잘것없게 느껴졌다.

*

　　사다리차의 적재함이 우웅우웅 대기를 흔들었다. 커다란 거실 창을 통해 두 번째 짐인 부부의 침대 프레임이 올라왔다. 첫 번째 이삿짐, 밥솥은 손 없는 날 이미 갖다 놓았다. 작업원이 희진에게 물었다.

"안방 침대 헤드 어느 방향이죠?"

희진은 약간 벅찬 기분이 되어 대답했다.

"창 쪽으로 놔주세요."

이전의 이사들과는 다른 감정이었다. 마지막 집이 될 것 같아서였다. 1402호와 1503호를 마련했을 때가 한숨 돌리는 정도였다면 이번에는 결승선에 도착한 것 같은 안정 감이었다. 그것도 예상보다 훨씬 이르게, 또래들보다 비교적 먼저 도착했다는 만족감과 성취감.

침대와 책상, 책장, TV, 냉장고, 세탁기 같은 커다란 짐들이 거의 집 안으로 들어왔다. 이불과 옷, 책, 주방 살림들을 곳곳에 채우고 있을 때 낯선 남자가 열린 현관으로 쑥 들어왔다. 고개를 끄덕거렸는데 인사를 한다기보다는 습관처럼 보였다.

"누구세요?"

"이사 오신 분?"

"네."

"아랫집이에요."

"아, 안녕하세요."

"우리 단지 살기 좋아요. 마트도 가깝고."

"맞아요. 저희 108동 살았었어요."

"그럼 잘 아시겠네."

그러더니 남자는 뒷짐을 지고 어슬렁어슬렁 집 안을 둘러보았다. 양해를 구하지도 않았고 미안해하는 눈치도 아니었다. 희진은 젊은 사람이 넉살도 좋구나, 생각했다. 그때는 그냥 성격 좋고 호기심 많은 이웃인 줄로만 알았다.

시간 내서 집 정리를 하지는 않았다. 새집이고 내 집이라 신나는 것도 이제는 없고, 얼른 마무리해야 한다는 조바심도 없었다. 살면서 치우면 되지, 살다 보면 치워지더라는 생각으로 적당히 편안하고 게으르게 일상을 살았다. 그렇게 아직 집이 어수선할 때 윤슬이 친구를 데려왔다. 희진이 출근해 있는데 전화로 물어오기에 허락해주었다.

마루의 어린이집은 코로나에도 긴급 보육을 했지만 윤슬은 학교도, 학원도 제대로 못 가고 있었다. 늦잠 잘 수 있다며 좋아한 것도 잠깐이었다. 차려놓고 간 점심이 퇴근할 때까지 그대로인 날도 있었다. 왜 밥을 안 먹었느냐고 물었더니 대뜸 우울하다는 대답이 돌아왔다.

우울한 열네 살이 친구 좀 데려온다는데 안 된다고 말

하기가 어려웠다. 너무 늦게까지 놀지 말라고, 가스레인지는 쓰지 말라고만 했다. 윤슬은 제대로 듣지도 않고 응, 응, 대답하고는 급히 전화를 끊어버렸다. 희진도 일이 많아 잊고 있었다. 야근을 하고 마루가 잠든 후에야 집에 들어갔다. 뒤늦게 저녁 대신 시리얼을 먹는 희진 앞에 남편이 와 앉았다. 닫힌 윤슬의 방문을 흘끔 보더니 낮게 말했다.

"아래층 아저씨가 올라왔었대. 시끄럽다고."

"시끄럽다고?"

"응."

"마루도 아니고 윤슬이가 뛰었을 리가 없는데?"

"나도 그렇게 생각은 하는데 일단 살살 걸으라고 말했어."

"잘했어. 조심해서 나쁠 거 없지. 사실 시끄러운 건 우리 윗집인데. 윗집 애 몇 살일까? 정말 엄청 뛰더라."

"그래서 불안해. 윗집도, 아랫집도."

윗집의 소음이 아랫집으로 내려갔다는 것이 남편의 추측이었다. 희진도 종종 듣던 이야기다. 밤마다 윗집에서 쿵, 쿵, 쿵, 바닥을 내리치는 소리가 나서 참다 참다 올라가보니 빈집이었다는 괴담. 알고 보니 그 윗집에서 뛰는 소리였다는, 부실시공 실태를 고발하는 더 무서운 도시 괴담.

밤새도록 정수리를 콩콩콩 밟히는 기분이지만 그래도 작은 발바닥들을 미워하고 싶지 않았다. 희진에게도 아이가 둘이나 있고 두 아이의 발소리를 너그럽게 참아준 이웃들 덕분에 남매가 무사히 자랐다는 것을 알고 있다. 아랫집은 희진의 마음 같지 않은 모양이었다. 희진의 집을 한 번 통과한 소음, 그것도 한낮의 소음에 득달같이 항의하는 아랫집이라니. 시끄러운 윗집과 예민한 아랫집 사이에 끼어 버렸다. 희진도 심란해졌다.

다음 날 아침, 출근 준비를 하는데 윤슬이 부스스 일어나 거실로 나왔다. 어제 아랫집 아저씨 올라왔었냐고 묻자 윤슬은 이미 아빠한테 다 혼났다고 입을 삐죽거렸다.

"문 열어줬어? 앞으로는 열어주지 마."

"막 쾅쾅 두드려도?"

"응. 그냥 대답하지 말고 있어. 없는 척 조용히 엄마한테 톡 해."

"알았어."

"택배, 경비실, 관리실, 아랫집, 윗집, 어디든 다. 엄마 아빠 없을 때는 아무한테도 열어주지 마. 알았지?"

"응."

희진은 새삼 윤슬을 혼자 두는 일이 무서웠다. 아무도

따라가지 말아라, 아무한테나 문 열어주지 말아라, 모르는 사람하고 얘기하지 말아라, 모르는 사람 도와주지 말아라, 이름 알려주지 말아라, 집 알려주지 말아라, 가족들 전화번호나 현관 비밀번호 말하지 말아라, 라고 지긋지긋하도록 당부했다. 이미 확실하게 가르쳐놓은 줄 알았는데 저렇게 헐렁한 얼굴로 문을 열어줬다고 생각하니 몸이 굳었다.

그리고 낮에 바로 윤슬에게 톡이 왔다.

'아래층에서 올라왔어'

'집에 있는 거 다 안다는데?'

희진은 대답하지 말라고 답을 보냈다. 불안해서 일이 손에 잡히지 않았다. 반찬을 내고 마루의 어린이집에도 들르지 않고 부랴부랴 집에 왔더니 문 열리는 소리를 들었는지 아래층 남자가 올라왔다. 인터폰 화면 속 무표정한 남자를 보는데 희진의 심장이 터질 듯 두근거렸다. 경비실에 연락할까. 경찰을 부를까. 내가 이 정도인데 윤슬은 얼마나 무서웠을까.

희진이 현관문을 열자마자 남자가 문을 벌컥 당겼다.

"낮에는 애들만 집에 있나 봐요? 너무 뛰어. 너무 시끄러워요. 제가 집에서 일하는 사람이라, 아, 지금 코로나 때문에 재택하는 게 아니고 원래 집에 작업실이 있거든요. 아무튼 좀 조용히 해주세요. 진짜 너무 심해. 게다가 지금 저희 와이프 임신 초기고요."

"저희 집 낮에는 사람 없어요. 아마 옆집이나 윗집이나 다른 집 소리일 거예요."

"제가 그거 구분 못 하겠어요? 이 집 소리 맞아요. 변명하지 맙시다. 다음에는 저 진짜 안 참습니다."

남자는 자기 할 말만 하고는 계단을 내려갔다. 그 뒷모습을 보고 있으려니 희진은 손이 부들부들 떨렸다.

엘리베이터에서 몇 번 아랫집 사람들을 마주친 적이 있다. 아이나 반려동물을 본 적은 없고 어르신이 같이 사는 것 같지도 않았다. 신혼부부인가. 두 사람이, 게다가 저렇게 젊은 사람들이 이렇게나 넓은 집에 산다고? 평일 낮에도 종종 보이던데 회사원은 아닌가, 내심 궁금했었다. 부부가 맞구나. 남편의 작업실이 집에 있구나. 아무리 그래도 두 사람 살기에 집이 넓긴 넓다. 희진은 작은 가구 하나도 원하는 위치에 놓을 수 없었던 신혼 시절의 전셋집들이 떠올랐다.

아랫집 남자가 들이닥치는 빈도가 점점 잦아졌다. 혼자 집에 남아서 그의 분노를 고스란히 느끼는 윤슬의 짜증과 우울도 절정에 달았다. 희진은 윤슬이 안쓰럽고 불안했고 보호하려고 했지만 쉽지 않았다. 중학교에는 돌봄교실이 없고, 외가로 보내자니 학교도 학원도 한 번씩 등교 수업을 해서 아예 집을 떠날 수는 없었다. 동네 도서관은 문을 닫았고, 독서실에서는 실시간 온라인 수업을 들을 수 없었다.

의지할 수 있는 어른이 곁에 있으면 좀 나을까. 희진은 진지하게 휴직을 고민했다. 아직 마루가 여섯 살이라 육아 휴직을 쓸 수 있기는 했다. 하지만 희진은 부장이고 팀장이고 프로젝트 책임자였다. 휴직이 아니라 퇴직이 될 것이다. 미칠 것 같은 마음으로 윤슬을 달래고 미안해하고 경비실과 관리실에 도움을 요청하고 가끔 멀리 사시는 친정엄마를 부르기도 했지만 근본적인 해결 방법은 아니었다. 집도 일도 엉망이었다.

희진은 윗집에도 부탁했다. 우리도 애가 둘이라 이해할 수 있다, 하지만 아랫집 사람들은 아닌 것 같으니 뛰지 말아달라고 경비실을 통해 몇 번이나 얘기했지만 소용이 없어 결국 직접 찾아갔다. 윗집 엄마는 죄송하다며 롤케이크와 쿠키와 과일을 종종 가져왔고 그러는 동안에도 아이는 계속 쿵쿵거렸다.

잠깐의 대화를 통해 희진은 윗집에 대한 몇 가지 정보를 얻었다. 초등학생인 누나와 유치원생인 남동생 남매가 있는데, 뛰는 아이는 둘째이고 안 그래도 너무 산만해서 놀이치료를 받고 있다는 것. 부부가 같은 직장에서 만나 결혼했는데 출산 후 엄마만 일을 그만두었다는 것. 아빠가 너무 바빠 집에 거의 없다는 것. 엄마가 직접 과일을 말리고 요거트를 발효시키고 치킨도 집에서 튀겨 아이들에게 먹인다는 것. 누나가 다녔던 영어유치원에 동생이 다니고 있다는 것. 습관인 듯 우리 헬렌이, 우리 케이가, 라고 아이들을 영어 이름으로 부르는 것을 보며 희진은 아이가 공부 스트레스를 받는 것은 아닐까 잠깐 생각했지만 말하지는 않았다. 대신 아랫집에 상황 설명을 해주면 어떻겠냐고 넌지시 물었다. 그 집 소음이 아랫집으로 내려가는 모양인데 가운데서 할 수 있는 일이 없다고. 윗집 여자는 세상 가장 비굴하고 호의적인 표정 그대로 차분히 말했다.

"그게 저희 집 소리인지 아닌지 모르죠. 사실 이 집에서 들린다는 소음도 다 저희 소리가 아닐 수도 있어요. 말씀하신 대로 윗윗집이나 옆집, 아랫집 소음도 다 들어오는 거니까."

희진은 내 발등을 내가 찍었구나 생각했다. 생글생글 웃으며 선을 긋고 할 말도 다 하는 윗집 엄마가 부럽고 약간 오싹하기도 했다.

토요일 낮이었고 마루가 낮잠을 자고 있었다. 윤슬은 방에서 유튜브를 보고 희진과 남편은 TV를 보며 빨래를 개는데 남자가 또 초인종을 마구 눌렀다. 남편이 못 참고 뛰쳐나가 소리부터 질렀다. 자다 깬 마루가 울었고, 경비실에서 올라왔고, 앞집 사람들이 나왔고, 남자의 아내도 올라왔다. 희진은 일단 임신부부터 보호해야겠다는 생각이 들었다.

"스트레스 받으면 안 돼요. 임신하신 분은 일단 내려가 계세요."

"임신요?"

여자는 경멸의 눈으로 남자를 돌아보며 말했다.

"그런 거짓말을 했니?"

여자는 자기 남편이 인터폰을 두어 번 한 줄로, 직접 항의한 것은 오늘이 처음인 줄로 알고 있었다. 발소리가 나긴 난단다. 아주 큰 소음은 아니지만 늦도록 소리가 나니까 불쾌하고 예민해진 것은 사실이라고 했다. 하지만 남편도 과하게 대응한 부분이 있다고 생각한다며 특히나 자신에 대해 거짓말을 한 것이 무척 불쾌하다고 말했다. 그러고는 빠른 걸음으로 계단을 내려가버렸다. 남자가 우리야, 인지 유리야, 인지 여자를 부르며 따라 내려갔다. 그렇게 소동은 얼렁뚱땅 마무리되었다.

희진의 남편이 집으로 들어오며 투덜거렸다.

"저 여자는 사과는 안 하고 되레 화를 내네. 꼭 자기가 피해자처럼?"

"피해자 맞지. 남편에 의해 허위 사실이 유포된 피해자. 그리고 저분은 잘못한 게 없으니까 사과할 필요도 없지 않나?"

"그래도 부부는 일심동체인 거야."

"뭔 헛소리야."

아랫집의 항의는 확연히 줄었다. 그런데 그날 이후로 윤슬이 바닥에서 웅웅 울리는 소리와 긁는 듯 거슬리는 소리가 들린다고 했다. 윤슬은 아래층 아저씨가 스피커를 설치해 일부러 소음을 올려보낸다고 확신하고 있었는데 증거가 없으니 함부로 말할 수 없었다. 사실 희진에게는 들리지 않았다. 윤슬이 주말과 저녁에는 조용하고 월화목 오전에는 항상 들린다기에 월요일에 반차를 내본 적도 있다. 역시 들리지 않았다. 윤슬은 그날만 이상했던 거라고 펄쩍펄쩍 뛰고 억울해했다. 희진도 억울했다.

윤슬은 작은 소음에도 필요 이상으로 거칠게 반응했다. 가족들 아무도 듣지 못한 소리를 들었다고 우기기도 했고,

어디선가 드릴 소리가 나자 울어버리기도 했다. 마루가 거실을 뛰거나 장난감을 떨어뜨리거나 방문을 닫으면 조용히 하라고 고함을 질렀다. 귓구멍이 짓무를 정도로 귀마개를 꽂았다. 희진은 소음이 차단되는 고가의 무선 이어폰을 사주고 온라인 수업을 들을 수 있는 스터디 카페의 세미나룸을 결제해주고 학원도 더 등록해주었지만 한계가 있었다. 윤슬은 이미 예민해질 대로 예민해져 있었다.

부부가 일찍 잠이 든 어느 밤에 윤슬은 윗집이 너무 시끄러워 잠을 잘 수가 없다고 안방에 와 울었다. 남편은 잠옷인 채로 나갔다 들어오더니 잘 얘기했다고, 아이가 자려고 방에 들어가는 것까지 보고 왔다고 말했는데 거짓말이었다. 내내 윗집은 조용했고 어쨌든 윤슬은 진정이 되었다.

남편이 점심이나 같이 먹자며 희진의 회사 앞으로 찾아왔다. 연애할 때 종종 갔던 오래된 콩나물국밥집에 갔다. 맛이 그대로네, 사장님도 그대로네, 가격도 딱 천 원 올랐네, 하는 대화를 나누었다. 오로지 식당과 음식에 대해서만 말했다. 밥을 다 먹고 같은 건물 프랜차이즈 커피 전문점에 들어갔다. 남편은 아이스 아메리카노, 희진은 따뜻한 아메리카노를 앞에 두고 마주 앉았다. 맞아. 우리 이렇게 다른 사람이었지. 희진은 오늘 새삼스러운 일이 많구나, 생각했다.

남편이 먼저 입을 열었다.

"나는 요즘 불행해."

희진의 심장이 쿵, 바닥까지 떨어졌다. 갑자기 손이 시려서 컵을 두 손으로 감싸 쥐는데 남편이 덧붙였다.

"정확히 말하면 그 집으로 이사한 후로 계속 계속 불행해지고 있어."

남편의 말이 무슨 뜻인지 안다. 사실 희진도 그랬다. 그런데 선뜻 동의도 위로도 할 수가 없었다. 추궁당하는 기분이었다. 말없이 뜨거운 커피만 후후 불어 마시고는 자리를 정리하며 말했다. 가자.

가족이라는 게, 부부라는 게 이런 거구나. 시시콜콜 설명하지 않아도 무슨 말을 하고 있는지, 하고 싶은지 다 아는 것. 그래서 아무런 비난과 공격의 언어 없이도 난도질당한 기분인 것. 너무 아팠다. 희진은 오후 내내 속이 울렁거리고 일이 손에 잡히지 않았다. 모니터를 보다가 눈물이 뚝 떨어지기도 했다. 계속 슬프고 그만큼 일이 밀려 야근을 했다.

희진은 베란다 창 앞에 서서 길 건너 상가들을 물끄러

미 보았다. 불 켜진 간판들이 눈에 들어왔다. 윤슬이 작년까지 다녔던 수학 학원, 마루가 다니는 미술 학원, 퇴근길에 운동을 했던 피트니스센터, 주말마다 밥을 사 먹던 백반집, 퇴근길에 종종 포장을 해 오는 김밥집, 윤슬에게 휴대폰을 사 주었던 대리점……. 동아아파트에서 살아온 14년의 기억들이 스쳐갔다. 계속 더 편안해지고 행복해졌었다. 집의 크기와 삶의 질이 비례했다. 열심히 살았고 노력한 만큼 보상받았다고 믿었다. 부지런히 결승선에 도착했는데 모든 것이 무너졌다.

흔한 층간소음일 뿐이다. 괴롭긴 하지만 살면서 이 정도 어렵고 힘들지 않은 적은 없었다. 끝내 해결이 안 된다면 이사를 하면 될 일이었다. 그런데 그렇게 단순하게 받아들여지지 않았다. 희진은 삶을 통째로 부정당했다는 생각에 사로잡혔다.

남편과 딸, 그리고 아들은 각자의 침대에 잠들어 있다. 남편은 목을 받쳐주는 코골이 방지 베개를 베고도 거실까지 울리도록 요란하게 코를 골았고, 아들은 이불을 걷어차며 쉴 새 없이 뒤척였다. 딸은 한껏 웅크린 자세로 벽에 딱 붙어 잔다. 평화롭다. 하지만 아침이 되어 윗집 아이가 뛰고, 아랫집 남자가 그 소리를 들으면 이 고요와 평화도 다 끝나겠지. 딸은 괴로워하고 아들은 눈치를 보고 남편은 희진의 판단과 선택 때문에 불행해졌다고 생각할 것이다.

희진은 의아했다. 내가 대체 뭘 잘못했지? 성실하게 일하고 검소하게 생활하고 지혜롭게 물정을 배워나간 대가가 겨우 이건가. 눈물이 났다. 세상은 너무 비합리적이고 불공평한 곳이다. 잔인한 곳이다. 가장 괴로운 사실은 이 괴로운 마음을 어디에도 호소할 수 없다는 것이다. 생각이야 참을 수 없지만 말은 가릴 줄 안다. 희진은 교양 있는 현대인이니까.

가족은 115동 1102호를 떠나지 못했다. 보금자리를 옮긴다는 것은 빠르게 결정해서 금세 실천할 수 있는 종류의 일이 아니다. 그렇게 시끄러운 윗집과 예민한 아랫집 사이에서 병들어가는 사이 집값은 계속 올랐다. 이사한 지 1년여 만에 시세는 15억이 되었다. 희진은 집이 좋기도 싫기도 했다. 이 집을 가져서 다행이기도 불행하기도 했다. 행복하기도 우울하기도 했다.

이상한 나라의 엘리

강사실에서 원장이 커피를 마시고 있었다. 아영은 학원 전자레인지에 토스트 돌릴 생각을 하니 약간 민망해서 점심 드셨느냐고 물었다. 원장은 집에서 먹고 나왔다며 아영 선생님 안 먹었으면 시켜줄까요? 하고 물었다.

"아뇨. 저는 토스트를 싸 왔어요. 근데 아무도 없는 줄 알고 하나만 싸 왔거든요."

"응. 나 엄청 많이 먹었어요. 신경 쓰지 말고 먹어요."

아영은 캡슐 커피를 내려놓고 토스트를 전자레인지에 넣어 20초 데웠다. 원장이 나갈 줄 알았는데 할 말이 있는지 움직이기가 귀찮은지 아영을 가만히 보며 앉아 있었다. 아영은 커피와 토스트를 가지고 원장 맞은편에 앉았다. 락앤락 통에 담긴 토스트를 내려다보며 원장은 눈이 동그래져서 물었다.

"만들었어요? 사 온 게 아니고?"

"네. 이거 전 남친 토스트요."

"전 남친? 아영 선생님한테 아직 미련 있나 보네요?"

"아니요. 제 전 남친이 아니라 이 토스트 이름이 전 남친 토스트예요."

아영은 인터넷에서 유명한 토스트인데, 헤어진 남자친구가 만들어주었던 토스트 맛을 못 잊은 누군가가 전 남친에게 연락해 레시피만 물어보았다는 비하인드 스토리가 있다고 알려주었다.

"그깟 토스트 레시피 물어보려고 헤어진 남자친구한테 연락을 했다고?"

"그럴 만해요. 진짜 맛있거든요. 저 요즘 하루 세끼 이것만 먹어요."

농담이라고 생각했는지 원장이 웃었다. 아영은 진짜 그 주 내내 전 남친 토스트만 먹었다. 원래 꽂히면 질릴 때까지 하는 성격이다. 음악도 한 곡을 무한 반복으로 듣고, 영화나 드라마도 봤던 걸 몇 번씩 보고, 음식도 한 가지만 먹다가 질리면 다시는 안 먹는다. 아영은 요즘 전 남친 토스트에 꽂혀서 크림치즈를 벌써 두 통째 샀다. 아영이 엄청 열정적으로 레시피를 알려줬는데 원장은 토스트에는 관심이 없고 아영을 신기하게 보기만 했다.

"근데 오늘 일찍 나왔네요."

"네, 평소에는 오전 알바 끝나면 걸어왔는데 오늘은 그냥 마을버스 탔어요."

"편의점이 가까워요?"

"걸으면 40분 정도요. 운동 삼아 일부러 걸어 다녀요."

"40분? 하여튼 아영 선생님 재밌게 산다. 젊음이 부럽네."

"제가 젊어요? 저 서른도 넘었어요."

"서른이면 애기지. 못 할 거 없는 나이잖아요."

원장은 귀엽다는 얼굴로 아영을 빤히 보았다. 한심하다거나 철없다고 생각하는 것 같지는 않았고 말만 그렇지 부러워하는 것처럼 보이지도 않았다.

말과 행동이 한 번도 예상을 벗어난 적이 없는 중년, 애엄마, 학원장. 무례하거나 눈치 없는 유형은 아니지만 학원 선생님들은 원장을 불편해하고 어려워하고 솔직히 좋아하지는 않는다. 어느 학원이든 원장 좋아하는 강사는 별로 없겠지만.

아영은 원장이 싫지 않았다. 매사 나는 나이 든 사람, 너희는 젊은 사람이라고 선을 긋는 것이 조금 의아하긴 했다. 원장은 아영보다 열네 살이 많다. 원장보다 더 나이 많은 은사님이나 머리가 희끗한 동네 카페 사장님과도 친구처럼 지내고 학원의 초등학생들과도 늘 재밌는 아영에게는 원장의 그런 구분이 낯설었다. 열몇 살쯤 뭐라고. 그 부분을 빼면 전혀 불편할 것이 없는 사람이다. 오히려 겸손한 듯 자신감 넘치는 원장에게 호감이 있다.

원장은 필요한 게 없는지 묻고는 먼저 강사실에서 나갔다. 아영은 휴게실이 따로 있으면 좋겠다고 생각하지만, 엄밀히 강사도 아닌 자신이 강사실을 가장 알뜰하게 쓰는 것이 왠지 마음에 걸려 말하지 않았다.

시험지들을 챙겨 자습실로 들어갔다. 아영은 월요일부터 목요일까지 하루 세 시간씩 백은빌딩의 바른영어수학학원에서 일한다. 유초등부 영어 단어 시험을 보고 채점해서 통과 못 한 학생들은 재시험을 보게 하는 일이다. 월말마다 평가지 채점도 한다. 4년제 편입을 준비하는 동안 아르바이트로 시작했다. 편입은 실패했고 채점 일은 학원을 옮겨가며 벌써 햇수로 10년째다. 성격이 꼼꼼하기도 하고 아이들과 워낙 잘 지내서 그런지 일부러 찾지 않아도 계속 일이 들어왔다.

사실 아영은 단어 시험 선생님이 아니라 정규 강의를 맡고 싶다. 하지만 아무리 이력서를 보내도 연락이 없었다. 한국에는 영어를 잘하는 사람이 너무 많다. 영어권 나라의 대학 혹은 어학원 수료장, 졸업장, 학위를 가진 사람이 넘쳐난다. 수도권 전문대 영어과 졸업장은 어디 내밀어볼 수도 없다. 담임이 되면 쓸 영어 이름도 정해놓았는데. 앨리가 아니라 엘리. Ellie. 별 뜻은 없다. A 아니고 E, Ellie예요, 라고 말해보고 싶다.

공부를 잘 못했지만 영어는 좋아했다. 성적에 맞춰 경기도의 한 2년제 대학에 진학했고, 가족들의 반대를 무릅쓰고 상경해 스스로 생계를 책임지기 시작했다. 보증금 없는 낡은 하숙집 2인실을 근처 대학에 다니는 여학생과 함께 썼다. 룸메이트 역시 서울에 있는 대학도 아닌데 꼭 거기까지 올라가야겠느냐는 가족들의 힐난과 만류와 비아냥을 뒤로하고 가출하다시피 진학했다고 말했다.

그렇게 악착같이 입학한 대학이었지만 커리큘럼도 교수도 동기들도 만족스럽지 않았다. 모두 그곳을 떠나고 싶어 했고 그것은 아영도 마찬가지였다. 현재를 소홀히 하며 막연한 미래만을 꿈꿨다. 아영은 입학할 때부터 편입을 생각했다. 4년제 영문학과로 편입하고 해외 어학연수를 가고 통번역대학원에 다니는 자신을 상상하며 수업을 듣고 당장 필요한 등록금과 생활비도 벌었다.

요령 부리지 않고 게으름 피우지 않고 열심히 살았다. 졸업할 때 아영은 보증금 300만 원짜리 옥탑방과 룸메이트가 다니는 대학의 편입 합격증을 손에 쥘 수 있었다. 등록하지는 않았다. 아영은 더 좋은 학교에 가고 싶었다. 잘했다고, 고생했다고 말해주는 사람도 없었다. 엄마는 당장 내려오라고 소리를 질렀고, 아버지는 엄마를 설득해줄 테니 대출받을 수 있게 도와달라고 했다. 딸 명의로 대출, 연체, 대출, 연체, 대출, 연체를 무한 반복하던 아버지는 아영이 집안을 발칵 뒤집어놓은 후에야 대출금을 갚았다. 아영은 아버지에게 대출금을 갚을 여력이 있었다는 사실에 더욱 충격을 받았다. 그날로 가족들과 인연을 끊었다.

아영은 요즘 새벽부터 낮까지 편의점에서 아르바이트를 하고, 오후에는 일주일 중 나흘은 바른영어수학학원에서, 하루는 고양이 호텔에서 일한다. 주말에도 근교의 작은 박물관 카페테리아에서 일하고 있다. 어쩌다 보니 번듯한 직장도 없이 서른이 훌쩍 넘었지만 그동안 아영이 열심히 살지 않았던 것은 아니다. 이상할 정도로 생활이 계속 빠듯해졌다. 수입이 줄어든 것도 아니고 과소비를 하는 것도 아닌데 통장 잔고만 말라갔다. 같은 보증금과 월세로 구할 수 있는 집들이 점점 형편없어졌다.

처음 고시원에 살게 되었을 때는, 바닥으로 떨어진 기분이었다. 대부분의 인간관계를 놓았고 편입을 사실상 포기했다. 직장을 구할 생각도 하지 않았다. 오래 아르바이트를 했던 카페 사장님은 젊은 사람이 그렇게 계획도 목표도 없어서 남은 긴 인생을 어떻게 살겠느냐고 진심으로 조언했지만 아영은 오히려 계획도 목표도 없어서 그 순간 살아남을 수 있었다고 생각한다. 결국 아영은 카페 아르바이트를 그만두었다.

하루하루 재미있고 만족스럽다. 그런데 그 시간들이 모이면 불안이 된다. 매일 밤 잠자리에 들며 오늘도 나쁘지 않았다고 생각하지만, 연말이면 아무 성과 없이 또 1년이 갔구나 한심한 것이다. 이제 아르바이트는 그만두고 어디든 무슨 일이든 풀타임 직장을 찾을 때가 된 것 같다. 무슨 일이든. 정말 무슨 일이든. 정규 수업을 할 수 있으면 좋을 텐데. 계약직으로라도 채용이 된다면 좋을 텐데.

아파트 단지를 천천히 걸었다. 아영은 학원 일이 끝나면 산책하는 기분으로 현대아파트를 가로질러 집에 간다.

아파트를 지을 때 조경 면적을 일정 비율 이상 확보해야 하는 규정이 있다던가. 아무튼 아파트는 참 예쁘다. 아영은 왜 아파트를 회색 건물만 빽빽한 삭막한 공간이라고들 말하는지 모르겠다. 한 번씩 외벽을 새로 칠하는지 늘 깔끔하고 세련된 건물 사이사이로 나무도 꽃도 고양이도 이렇게 많은데.

현대아파트에는 인공 하천이 사철 졸졸 흐르는 작은 생태공원도 있다. 아영은 벤치에 앉아 마스크를 잠깐 내렸다. 서울의 저녁 공기에는 묘한 냄새가 있다. 살코기가 타는 냄새. 단백질이 타는 약간 고소한 것도 같고 쌉싸름한 것도 같고 매캐한 것도 같은 냄새가 흐릿하게 떠다닌다. 처음에는 근처에 고깃집이 있나 생각했다. 하지만 고깃집에서 나는 들큼한 양념 냄새나 숯 냄새, 취한 사람 냄새는 없었다. 수시로 비슷한 냄새를 맡았다. 아르바이트를 마치고 나온 고층 빌딩 앞에서, 버스 정류장에서, 집으로 걸어 올라가는 골목에서. 아영은 그것이 서울 냄새라는 것을 알았고, 그 냄새를 좋아하게 되었다.

길 건너 아영이 사는 주택가가 보였다. 대로변에 국숫집, 정육식당, 닭갈빗집, 해물파전집…… 요란한 제각각의 간판들을 보다가 아영은 피식 웃어버렸다. 그러고 보니 그

흔한 프랜차이즈 식당이 하나 없네. 어차피 곧 철거할 곳이라서 그런가.

아영은 주택가 초입의 다세대주택 원룸에 산다. 복도를 가운데 두고 독립된 현관을 쓰는 형태의 원룸 건물이 아니라 오래된 주택을 1인 가구가 살 만한 방 여러 개로 개조한 집이다. 방과 거실 사이에, 방과 방 사이에 가벽을 치고 화장실을 만들고 현관을 내서 세를 많이 줄 수 있게 수리한 것이다. 이전 세입자가 두고 간 2인용 소파와 테이블, 침대에 아영이 가져온 책상을 넣고도 여유 있을 만큼 방이 넓고, 커다란 창 너머로는 가로등의 주황빛이 떨어지고, 주방 겸 거실에 미닫이문도 달려 있어 사실상 투룸이나 마찬가지다. 보증금도 없이 이 월세로 서울 어디에서도 이렇게 괜찮은 집을 구할 수 없다는 것을 아영은 잘 알고 있다.

재개발 사업이 진행 중인 지역이라서 그랬다. 시공사도 정해졌고 곧 일반분양을 시작한다고 들었다. 오래 살았던 세입자들이 이미 보상을 받고 떠난 집에 계약 기간도 공란이고, 보증금도 없는 계약서를 쓰고 들어왔다. 퇴거 통보를 받으면 기간 연장이나 보상을 절대 요구하지 않고 일주일 안에 집을 비우겠다는 조항에 지장을 한 번 더 찍었다. 서영동에 살지 않는 집주인과 단기 임대를 전문으로 한다는 부동산 사장님은 재개발 일정이라는 게 엿가락처럼 늘어지게 마련이라며 짧아도 1년은 충분히 살 수 있을 거라고 했다.

옷에 음식 냄새가 배는 것도 지긋지긋했고 온종일 해가 들지 않는 방에도 넌더리가 났다. 옆방 사람의 하품 소리, 방귀 소리까지 다 들리는 생활이 피곤했고 팔을 뻗으면 앞에도 벽, 옆에도 벽, 뒤에도 또 벽이 손에 닿는다는 사실이 숨 막혔다. 임대주택이나 전세보증금 대출 같은 것을 알아보았지만 아영은 그조차도 자격이 되지 않았다. 당장 가진 것도 없고 담보할 미래도 없고 신용등급도 엉망이었다.

그렇게 이 어처구니없는 집에 살게 되었다. 나가라면 나가지 뭐, 했다. 어차피 가족도 없고 짐도 없는데 고시원이든 찜질방이든 잠깐 혼자 지낼 곳 하나 없으랴 싶었다. 물론 사는 동안 좋았고 행복했고 후회하지 않는다. 아마도 아영은 앞으로 영원히 이렇게 넓고 주방이 분리되어 있고 그림 같은 창이 있는 집에서 살 수 없을 것이다.

하지만 이 집에서의 시간도 얼마 남지 않은 듯하다. 골목 입구 전봇대에는 수시로 플래카드가 바뀌어 신나게 펄럭이고, 하나둘 빈집이 늘어간다.

냉동실에 넣어둔 식빵을 꺼냈다. 씻고 정리하는 동안 식빵이 녹으면 전 남친 토스트를 만들 생각이다. 샤워하는 내내 아영은 콧노래를 불렀다. 넷플릭스에 지브리 애니메이션들이 속속 들어와 매일 한 편씩 보고 있다. 노트북을 켜 보고 싶은 영화 하나 골라놓고, 토스트 돌리는 동안 커피 내리고, 영화를 보면서 토스트와 커피를 먹는 것이 요즘 아영의 저녁 루틴이다.

〈센과 치히로의 행방불명〉을 틀었다. 중학교 때 친구들과 영화관에서 봤는데 재밌었다는 기억만 있고 내용은 잘 생각나지 않는다. 벌써 20년이 다 된 영화다. 다시 보려니 새삼 설렜다.

친구와 넷플릭스 아이디를 공유하고 있다. 안부 전화를 하다가 같이 요금 낼 생각 없냐고 친구가 먼저 물었다. 지금까지 연락하는 유일한 고등학교 동창인데, 아영이 집에 내려가지 않으니 얼굴을 못 본 지 1년도 넘었다. 매달 요금의 절반을 보내며 겸사겸사 통화를 하는 게 교류의 전부다. 그런데도 아영은 요즘 넷플릭스 친구가 가장 가깝게 느껴진다. 친구가 보는 영화를 따라 보고, 친구가 보는 드라마를 뒤늦게 정주행하고, 친구가 보다가 멈춘 프로그램들을 의아한 마음으로 살피고 있으면 친구의 마음도 감정도 고민도 알 것만 같았다. 친구는 아영의 시청 리스트를 보며 어떤 생각을 할까.

소파에 눕듯이 기대어 영화를 보다가 잠이 들었다. 영화 장면이 꿈으로 연결됐다. 터널 너머의 폐허가 된 테마파크를 밤새 헤맸고 그러다 울었는지 새벽에 깨어보니 눈가에 하얗게 눈물이 말라 있었다.

아영은 고양이 호텔에 출근하자마자 각 방을 돌며 고양이들의 상태부터 확인했다. 출근은 일주일에 한 번이지만, 수시로 호텔 블로그에 들어가 사진을 보고 웹캠 영상도 확인하기 때문에 객실 상황을 다 파악하고 있다.

아영은 공동 공간을 먼저 청소한 뒤, 각 방의 화장실들을 치우고 큰 먼지와 털들을 얼른 닦아낸 다음 물그릇들을 채웠다. 별이 방과 덕배, 덕만이 방의 문을 살짝 열었더니 세 녀석이 익숙하게 공용 공간으로 나왔다. 별이는 중앙 캣타워의 해먹에 누웠고, 덕배와 덕만이는 아영 주변을 맴돌았다. 장난감이든 간식이든 뭔가 바라는 눈치였다. 별이는 집사의 입원으로 보름 넘게 호텔 생활 중이고, 덕배와 덕만이도 무슨 사정인지 두 달 넘게 머무르고 있다. 아영은 세 터줏대감들과 깃털 장난감으로 20분쯤 놀아주고 아직 호텔이 익숙지 않은 고양이들 방을 차례로 살피며 장난감과 간식으로 기분을 풀어주었다. 마지막 난이 방에는 좀 오래 머물렀다.

이렇게 빈방이 많을 때가 없었다고 한다. 코로나로 여행도 출장도 연수도 죄다 멈추고 아무도 꼼짝 안 하는 분위기라 그랬다. 대신 유기된 고양이를 구조했는데 임시 보호를 해줄 수 있느냐는 문의가 많아졌다. 아영은 분노했는데 사장은 덤덤했다.

호텔은 여러 고양이들이 함께 생활하는 곳이라 전염병 등의 위험 때문에 구조된 고양이는 받지 않는다. 그 원칙을 깨고 처음으로 임시 보호를 결정한 고양이가 난이다. 세 살 된 코리안쇼트헤어 카오스 여자아이인데, 이런 표현이 적절치 않지만 아영이 이제껏 봤던 고양이들 중 가장 못생겼다. 그런데 얼마나 잘 보살펴졌는지 털이 매끈매끈 빛났고 눈곱도 없고 발톱도 다 깎여 있었단다. 겁이 많기는 해도 사람에게 공격적이지도 않았다. 그리고 사장에게만 잘 안겼다. 사장 품에서 골골골 잠든 난이의 머리를 쓰다듬으며 아영이 장난스럽게 말했다.

"누가 실세인지 아는 거지. 이렇게 똑똑한 애를 왜 버렸을까요?"

"죽었대, 난이 언니."

말문이 턱 막혔다. 혼잣말처럼 어쩌다, 했는데 사장이 콧물을 한 번 훌쩍이고는 대답했다.

"자살했대."

스물아홉이었고, 낮에는 작은 건축 사무소에 다니며 밤에는 공무원 시험을 준비하고 있었다고 한다. 최근 회사가 어려워져 월급을 제대로 못 받았다던가 해고됐다던가. 한번도 그런 적이 없었는데 올해 들어 몇 번 월세를 밀렸고, 냉장고에는 소주 반병과 사이다 한 캔뿐이었는데 난이 사료와 간식들은 넉넉했단다. 난이 이름과 나이와 예방접종 상황과 좋아하는 사료, 간식, 장난감들을 적은 편지만 한 통 남겼다. 끝까지 책임지지 못해 미안하다고, 건강한 새 집사를 만날 수 있게 도와달라고. 그 말까지 전하고 사장은 눈물을 닦아냈다.

"일주일 만에 문을 따고 들어갔는데 난이가 창가에 말똥말똥 앉아 있더래. 물그릇에 물은 다 말랐고 사료 그릇은 한가득 채워진 그대로고. 얘는 먹지도 자지도 않고 거기서 무슨 생각을 하고 있었을까."

아영은 이 작은 체온에 기대어 살아보려 발버둥 쳤을 난이 언니가 아는 사람이라도 되는 것처럼 생생하게 그려졌다. 사실 알고 있다. 난 이 언니 같은 사람들을 안다. 성실하고 다정하고 선량한 사람들. 씩씩하게 뚜벅뚜벅 걸어 나가는 사람들. 남들 눈에는 작고 초라해 보일지 몰라도 자기 세계를 차근차근 만들어가는 사람들. 작은 기쁨을 알고 큰 슬픔에도 담대한 사람들. 조금만, 아주 조금만, 혼자 설 수 있을 만큼만 기회를 주고 응원해주면 소박하고 행복하게 잘 살아갈 수 있는 사람들. 끝까지 누구에게도 피해를 주지 않을 사람들.

혼자 외로웠을 거라고 사장은 말했다. 혼자이면 외로운가? 슬픈가? 불행한가? 잘 모르겠다. 아영은 가족들과 함께 살 때도, 친구가 많을 때도, 동료들과 매일매일 바쁘게 지낼 때도, 뜨거운 연애를 할 때도 자주 외롭고 슬프고 불행했다. 혼자라서가 아니라 그저 세상이 너무 퍽퍽할 뿐이다. 난이 언니도 그렇게 생각했으면 좋았을 텐데.

아영은 문득 무서웠다. 난이 언니가 지난 시절의 자신처럼 느껴졌다. 계획도 있고 목표도 있고 미래도 있는데 지금, 여기가 없었던 시절. 성실하고 열심히 살았던 시절.

사장이 생각에 잠긴 아영에게 물었다.

"아영 씨 혹시 난이 데려갈 생각 없어?"

"네?"

"고양이 키우고 싶다며."

"그러고 싶긴 한데, 난이한테 미안해서 안 돼요. 전 집도 없고, 돈도 없고, 매일 바쁘고."

난이가 새 가족을 찾기는 쉽지 않을 것 같다. 예쁘지도 않고 아기도 아니고 누군가에게는 꺼림칙할 사연까지 갖고 있으니. 아영은 난이의 머리를 쓰다듬었다. 난이는 모르는 척 눈을 감고 있지만 매번 손이 닿기도 전에 귀가 먼저 바짝 누웠다. 널 어쩌면 좋니.

늦은 오후, 예약 시간보다 한 시간 늦게 감자가 도착했다. 광고에서 튀어나온 것 같은 고급 품종묘였다. 보호자가 출장을 간단다. 안 그래도 긴 출장인데 자가 격리 기간까지 더해 석 달을 떼어놓게 되었다고 걱정이 많았다. 이동장 안으로 손을 넣어 감자를 쓰다듬으며 당부했다.

"감자야, 언니 까먹음 안 된다!"

항공편들이 운행 중단되고 외국인 입국을 금지하는 나라도 많다던데 해외 출장이라니. 아영은 감자의 보호자가 무슨 일을 하는지 궁금했지만 묻지 않았다. 예전에는 친하지 않은 사람들에게도 별 뜻 없이 이런저런 질문을 잘했는데, 여러 의도로 읽혀 오해를 받곤 했다.

"집에 덩그러니 혼자 있는 것보다 나을 거예요. 여기서 저희랑 놀면서 계속 사람들 접촉하는 게 나중에 보호자님하고도 덜 어색할 수 있어요."

아영이 말하자 감자의 보호자는 음, 하고 약간 난감해하다 혼잣말을 했다.

"혼자는 아닌데……."

"네?"

"남편은 집에 있어요. 그런데 감자가 젊은 남자를 워낙 무서워해서요."

"맞아요. 그런 고양이들 종종 있더라고요."

동의하는 듯 대답했지만 아영은 사실 이 사람 뭐지, 라고 생각했다. 고급 품종묘를 키우며 집에 가족이 있는데도 적지 않은 비용을 들여 호텔에 맡기는 사람. 이 시국에 석 달이나 해외 출장을 가는 사람. 출장이 맞긴 할까. 턱없이 부족한 정보를 가지고 멋대로 짐작하고 혼자 못마땅해했다. 오해라고 해도 오해를 풀 수는 없을 것이다. 아영은 계속 이렇게 친절한 얼굴로 아무것도 묻지 않을 테니까. 자꾸 난이와 난이 언니가 생각났다.

겁먹은 감자는 아영이 퇴근할 때까지도 이동장에서 나오지 않았다. 한 번씩 창 너머로 들여다보면 눈이 동그래져서는 몸을 잔뜩 웅크렸다. 정말 감자에게 집보다 여기가 더 나을까. 여기 있으면 사람들과 계속 접촉할 수 있을까. 아영은 감자의 보호자가 더 싫어졌다.

아르바이트가 끝나고 아영은 영어회화 스터디를 하러 예약해놓은 스터디 카페로 뛰었다. 아예 영어를 놓을 수는 없었다. 학원이나 과외는 비용이 부담스러워 당근마켓과 지역 친목 카페, 졸업한 대학의 페이스북 페이지에서 같이 공부할 사람들을 찾았다. 시간이나 지역이 맞지 않거나 실력 차이가 너무 났다.

운 좋게 모든 조건이 잘 맞아서 약속까지 잡은 적이 있는데 아무 연락 없이 상대방이 잠수를 탔다. 메일과 쪽지를 보내도 답이 없고 전화도 차단했는지 연결되지 않았다. 아영은 악착같이 그 사람이 올린 글을 찾아다니고 아이디와 전화번호를 검색했다. 지역 카페에서 찾은 사람이라 마트나 식당에서 누군가와 눈이 마주치면 혹시 그 사람일까 따라가보기도 했다.

말 못 할 사정이 생겼을 수도 있고, 갑자기 마음이 변했을 수도 있다. 소심하거나 귀찮거나 미안하거나 그도 아니면 그냥 제대로 끝맺지 못하는 성격의 사람일 수도 있다.

평소였다면 운이 없었네, 하고 말았을 것이다. 그런데 그때는 달랐다. 무시당한 기분이었고 이상할 정도로 불쾌한 감정에서 빠져나오지 못했다.

아영이 강사실에 멍하니 앉아 있는데 방학 동안 파닉스 특강을 맡은 대학생 아르바이트 선생님이 커피를 내리며 물었다.

"선생님도 커피 드실래요?"

"아뇨."

"그럼 우유 드릴까요? 아니면 믹스? 아, 저 초코바 있는데."

"괜찮아요."

"선생님 단것 좀 드시면 좋겠어요."

"예?"

아영은 대학생 선생님이 갑자기 왜 이런 얘기를 하는지 몰랐다. 선생님은 커피가 가득 담긴 머그잔을 들고 아영의 맞은편에 앉으며 말했다.

"선생님이 우리 학원에서 제일 잘 웃었는데. 아니, 제가 이제껏 봤던 한국 사람 중에 제일 잘 웃었어요. 한국 사람들 항상 화난 얼굴이잖아요. 선생님은 안 그랬어요. 무표정이라는 게 없었단 말이에요. 근데 요새 안 웃으세요. 그래서 저까지 좀 슬퍼지려고 그래요."

그랬나. 아영은 영어 스터디 바람맞은 일로 우울하긴
했지만 그게 겉으로 드러난 줄은 몰랐다. 대학생 선생님이
자신의 감정 변화를 알아챈 것도 놀라웠다. 아영은 왠지 믿
음이 생겨 며칠 사이 있었던 일을 솔직히 털어놓았다. 말하
고 보니 자신이 더 작아지는 기분이었다.

"저 우습죠? 별것도 아닌 일에."

"그게 어떻게 별것도 아니에요? 듣는 제가 다 열이 오
르는데."

선생님은 아영보다 더 화를 내다 말고 불쑥 유학생 친
구를 소개시켜주겠다고 했다. 한국에서 태어났지만 출생
직후 입양되어 미국인으로 자랐는데, 케이팝에 빠져 한국
어를 공부하려고 한국 대학에 왔단다. 어학원도 다니고 아
르바이트도 하고 여러 모임에도 열심히 나가는 친구라며
서로 도움을 줄 수 있을 거라고 했다. 그러고는 아영에게
케이팝을 좋아하느냐고 물었다.

"좋아졌어요, 방금."

일주일에 두 번 대학생 선생님의 미국인 친구와 만났
다. 각자 한글과 영어 기사를 하나씩 골라와서 함께 읽고
대화하는 방식으로 진행했는데, 영어도 영어지만 미국인

친구의 관심사가 무척 넓고 생각도 깊어 아영에게 좋은 자극이 되었다. 무슨 일이 있어도 절대 미루거나 취소하지 않는 약속이다.

아영이 먼저 도착해 자료를 찾으며 기다렸다. 지난 미국 대선에 관한 기사를 골랐더니 모르는 이름이 너무 많았다. 출력물 여백에 궁금한 내용과 검색해 찾은 정보들을 메모하느라 전화가 온 줄도 몰랐다. 미국인 친구가 정치에도 관심이 많아 예약한 두 시간을 꽉 채워 얘기를 나눴고, 그러고도 할 말이 남아 다음 주에도 관련 기사를 골라 오기로 했다.

버스 정류장으로 걸어가면서야 부재중 전화를 확인했다. 부동산 사장님이 네 번이나 전화를 하고 전화 달라는 메시지도 남겼다. 이 늦은 시간에. 아영은 다리에 힘이 풀려 버스 정류장 벤치에 거의 무너지듯 주저앉았다. 무슨 용건인지 알 것 같았다.

너무 갑자기였다. 아영은 갈 곳이 없고 살림은 들어올 때의 두 배가 되어 있었다. 부동산 사장님은 자신의 집에 창고가 있으니 거기에 잠깐 물건을 보관해도 좋다고 했다.

"너무 걱정하지 마. 내가 최대한 빨리 집 구해줄게."

아영은 두 손을 덥석 잡고 자기도 그 창고에 들어가 살겠다고 말하고 싶었지만 조급하게 보이면 안 될 것 같았다. 불안하고 우울한 모습을 들키는 일은 위험하다. 그래서 늘 여유 있고 쾌활한 척 생각하고 행동해왔다. 그 노력이 마음을 건강하게 만들어주기도 했지만, 힘들 때 아무에게도 기댈 수 없게 만들기도 했다. 아영은 도움을 요청하는 방법을 잊어버렸다.

"그럼 월요일에 짐 빼고 저는 일단 이모네 가 있을게요."

"아, 이모가 근처에 살아?"

"근처는 아니고요. 서울 끝에서 끝이라 출퇴근 왕복에 거의 네 시간이거든요."

아영에게는 서울 사는 이모가 없다. 큰이모는 밀양에 살고 작은이모는 양산에 산다. 사장은 아영의 속도 모르고 그래도 다행이네, 했다.

"조금만 고생해. 내가 진짜 금방 구해줄게. 나만 믿어. 근데 보증금은 얼마나 있어?"

아영은 오른 손가락 다섯 개를 펼쳐 보였다. 사장님은 고개를 갸웃했다.

"오, 천?"

아영은 한숨이 나왔다.

"아뇨. 오, 백."

이번에는 사장님이 한숨을 쉬었다.

당장 필요한 옷가지와 책들, 노트북만 챙겼는데 커다란 여행 가방 두 개와 백팩 하나가 가득 찼다. 아영은 일단 여행 가방을 학원으로 끌고 왔다. 출근은 해야겠고 가방 맡길 데는 없었다. 데스크 선생님이 눈이 동그래져 여행 가시냐고 물었다.

"그게 아니라……."

뭐라고 변명을 해야 할지 알 수 없었다. 이사를 하는데 날짜가 맞지 않아 이렇게 되었다고, 큰 짐들은 보관 이사에 맡겼다고, 이모네가 너무 멀어서 강사실에 며칠 가방을 두어야 할 수도 있다고 거짓말은 아니지만 완전히 솔직하지도 못한 변명들을 늘어놓았다. 데스크 선생님이 아영의 말을 가만히 듣고 있다가 말했다.

"저는 선생님 무슨 소리 하시는지 하나도 못 알아듣겠어요."

저도 제가 무슨 소리를 하고 있는지 모르겠네요, 라고 아영은 속으로 생각했다.

늦도록 학원에 남아 있었다. 갈 데도 없는데 퇴근은 해 뭐하나 싶어 학원에서 다음 스터디 준비를 했다. 온라인 수업을 병행하는 중이라 어차피 출근하는 선생님도 거의 없고, 데스크 선생님까지 들여보내니 혼자 차분하게 있는 기분이 나쁘지 않았다. 정수기도 있고, 커피도 있고, 컵라면과 햇반도 있고 하면 안 되지만 양치 정도는 할 수 있는 싱크대도 있다. PC도 있고 와이파이도 잘 터진다. 학원에서 나가고 싶지가 않았다.

아영은, 계획한 것은 아니지만 학원 출입문을 걸어 잠그고 강사실의 2인용 소파에 웅크려 누웠다. 눈이 스르르 감겼다. 오늘 하루만 그냥 여기서 잘까. 그러고 보니 씻지도 못했네. 누가 알게 될까. 강사실에는 CCTV가 없지만 출입문 앞과 강의실에는 있다. 하지만 실시간 확인용이 아니라서 분실이나 화재 같은 사고만 일어나지 않는다면 찾아보는 사람은 없을 것이다.

아영은 그대로 잠들었다가 새벽에야 깼다. 밤에 믹스커피를 마셔서인지 화장실도 가고 싶고 입안도 텁텁했다. 주변이 너무 어두워 오히려 조명을 켜기가 조심스러웠다. 휴대폰 불빛을 비추며 조심조심 강사실에서 나왔다. 출입문 너머를 살펴보니 학원만 있는 4층 전체에 불빛이 하나도 없었다. 화장실 쪽은 창문이 없어서 더 깜깜했다. 누가 화장실 조명까지 끄고 갔네. 잠금 고리가 걸려 있는 유리문 안에 서서 바깥을 살피고 있으려니 아영은 좀비물의 주인공이 된 기분이었다. 어깨가 부르르 떨렸다.

아영은 손잡이를 당겨 문이 잘 잠겨 있는 것을 한 번 더 확인한 후 강사실로 돌아왔다. 최대한 참아보기로 했다. 새벽에는 좀 서늘해 가방에서 롱카디건을 꺼내 이불처럼 덮었다. 왜 옷은 입을 때보다 덮을 때 더 따뜻할까 생각하며, 아, 아무래도 화장실이 급한데 생각하며 잠이 들었다. 시트지가 붙은 창으로 빛이 스며들어와 눈이 떠졌다. 같은 건물에 24시간 사우나가 있다. 아영은 사우나에 가서 씻고 옷을 갈아입은 후 편의점으로 출근했다.

그렇게 며칠을 학원에서 잤다. 새벽마다 사우나에서 씻고 빨래는 모았다가 근처 빨래방에서 한꺼번에 돌렸다. 아영도 그럴 생각은 아니었다. 전에 잠깐 살았던 여성전용고시텔에 들어가려고 공실 상황도 확인해두었는데 이곳에서 지내보니 방도 좁고 샤워실과 화장실이 늘 부족한 고시텔보다 차라리 학원이 나았다.

목요일이 되자 데스크 선생님이 자꾸만 아영을 힐끔거렸다. 빤히 눈을 마주치기도 하고 어색하게 웃기도 했다. 그러다 퇴근 시간이 되자 서두른다 싶을 정도로 급하게 학원을 빠져나갔다. 불 잘 끄고, 문 잘 잠그라는 당부도 없었다. 왠지 불편하고 미심쩍었다.

아영도 학원에서 더 지낼 생각은 없었다. 학원에 크게 손해를 끼치는 일은 아니지만 그래도 아닌 건 아닌 거니까. 정말 고시텔로 가야지, 가야지, 조금만 쉬었다가, 게임 한 판만 하고, 커피 한 잔만 마시고, 보던 드라마만 마저 보고, 하는 동안 무서울 정도로 시간이 훅훅 갔다. 마지막으로 진짜 음악 한 곡만 듣고 나가려고 멜론 앱을 열었을 때, 덜컥 덜컥 출입문 흔들리는 소리가 났다. 아영은 자리에서 벌떡 일어났다가 일단 멈췄다. 뭐지. 도둑인가. 숨자. 주변을 두리번거리고 있는데 탁, 소리와 함께 입구 쪽이 환해졌다. 아영은 입술이 새하얗게 질려 다급히 몸을 구기고 주저앉았다. 그때, 끼익, 기분 나쁘게 긁히는 소리가 나며 강사실 문이 열렸다.

"아영 선생님?"

원장이었다.

"진짜 여기서 자요?"

긴장이 풀린 아영의 눈에서 순간 눈물이 뚝 떨어졌다. 당황한 원장이 오른손 엄지로 아영의 눈물을 쓱 닦아내며 물었다.

"왜 울어요?"

"도둑인 줄 알았잖아요. 너무 무서웠어요."

원장이 어이없다는 듯 웃고는 데스크 선생님께 들었다고 말했다. 아영은 그제야 부끄러웠다. 죄송하다고 말하자 원장은 고개를 저었다. 그런 뜻으로 찾아온 것이 아니란다. 아무리 경비가 있고 보안장치가 작동한다고 해도 상가 건물의 밤은 안전하지 않다며 지낼 곳이 없냐고 물었다.

"안 그래도 오늘 고시텔로 들어갈 생각이었어요. 이사 날짜가 꼬이는 바람에……."

"그래서 언제 이사 들어가는데요?"

아영은 대답하지 못했고, 고개를 갸우뚱하고 잠시 생각하던 원장이 물었다.

"우리 집으로 갈래요?"

"네?"

"방이 하나 비어요. 아예 텅 비어 있다는 건 아니고 서재방이라 밤에 비는 거지. 거기서 잠만 자는 거 어때요?"

갑자기 원장이 들이닥친 순간부터 지금까지의 전개가 아영은 모두 당황스러웠다. 현기증이 났고 두 손을 내저으며 격렬하게 거절했다.

"가족분들이 불편하시잖아요. 남편분도 그렇고 아드님도 그렇고."

"아, 나 남편 없는데. 말 안 했나? 그리고 우리 아들은 어차피 자기 방에서 나오지도 않아요. 그래도 선생님이 불편하시면 어쩔 수 없죠. 음, 그럼 어떻게 하면 좋을까요?"

"그걸 왜 원장 선생님이 고민하세요?"

"그럼 모른 척해요?"

"그럼요. 남 일인데."

"그런가? 내가 이러는 거 웃기는 일인가요?"

아영은 그냥 멋쩍게 웃었다. 그러자 원장이 혼자 대답했다.

"근데 남 일이기만 한 일은 세상에 없더라고요. 나이 먹을수록 더 그렇고요. 그게 맞는 거고."

그러고는 또 골똘히 생각에 잠겼다. 아영은 원장이 무슨 생각을 하는지, 무슨 소리를 하는지 도대체 이해할 수가 없었다. 아영이 주섬주섬 책과 충전기와 옷가지들을 가방에 넣는데 원장이 물었다.

"선생님, 고시원 싫잖아요. 그쵸? 정말 우리 집으로 안 갈래요? 내가 도와줄 거 진짜 없어요?"

아영도 원장을 마주 보면서 생각했다. 하고 싶은 말이

사실은 있다. 말할까? 하지 말까? 할까? 해도 될까? 하면 안 될까? 그러다 될 대로 되라는 마음으로 대답했다.

"지금 영어 전임강사 구하고 계시잖아요. 저 이력서 넣어봐도 돼요?"

원장은 멍한 얼굴로 아무 말이 없었다. 아영이 설명을 덧붙였다.

"알아요. 저 학교도 별로고 경력도 없고 나이만 먹은 거. 근데 영어 공부도 열심히 하고 있고 애들하고도 잘 지내거든요. 필기시험이나 강의 테스트가 있다면 진짜 잘할 자신이 있는데 학원들이 거의 이력서랑 면접으로 뽑더라고요. 저한테는 면접 기회도 안 와요."

그제야 원장은 눈을 끔뻑끔뻑 하더니 대답했다.

"그, 그래요. 그, 강의 테스트를 해봅시다. 다음 주? 다음 주 목요일 초등부 수업, 그거를 아영 선생님이 해보시면 어때요? 저랑 윤 선생님이랑 참관할게요."

"정말요? 정말 저 강의해볼 수 있는 거예요? 열심히 할게요. 진짜 잘할게요. 근데 저 무조건 채용해달라는 거 아니에요. 수업 잘 못하면 뽑아주지 않으셔도 돼요. 진짜요."

"알았어요. 안 그래도 그럴 거예요."

대답하고는 원장이 고개를 숙이며 슬며시 웃었다. 아영

은 왠지 눈치가 보였다.

"제가 좀 무례했나요?"

"아녜요! 그런 거 절대 아니에요! 데스크 선생님한테
얘기 듣고는 정말 아영 선생님 돕고 싶었거든요. 몰라, 그
냥, 젊은 사람을 이렇게 두면 안 된다는 생각이 들었어요.
돈을 빌려줄까, 호텔을 잡아줄까, 우리 집에 데려올까. 그러
면서도 그 생각은 못 했어요. 그게, 내가, 너무 어이가 없네.
나 웃긴 사람이네, 진짜."

아영은 이번에도 원장이 무슨 생각을 하는지, 무슨 소
리를 하는지 도대체 이해할 수가 없었다.

아영은 빵빵한 백팩을 메고 양손에 캐리어를 하나씩 끌
고 지하철을 탔다. 고시텔에 남은 방이 하필 가장 작고 창
이 없는 방이란다. 생각하니 벌써 숨이 턱 막혔다. 일단 고
시텔에서 지내면서 새집도 알아보고, 강의 테스트 준비도
하고, 어떻게 될지 모르니 알바 말고 제대로 된 일자리도
더 찾아볼 예정이다. 그래도 서두르지 말자, 서두르지는 말
자, 고 자신을 다독였다.

한산한 지하철 통로에 캐리어 두 개를 나란히 세워놓
고 스마트폰을 꺼냈다. 학원 사이트에서 초등부 진도표를

확인하려고 크롬을 열었는데 포털 사이트 메인에 '2030 영끌족, 수도권 아파트 매수세 심상찮아'라는 기사가 떠 있었다. 아영은 기사에 나열된 30대의 사례들이 무척 낯설었다. 너무 다른 세상 이야기라 오히려 황당하지도 화가 나지도 않았다. 끌어모으면 아파트를 살 수 있는 영혼은 대체 어떤 영혼일까. 나는 영혼마저도 실속이 없네. 웃음이 나왔는데 솔직히 웃기지는 않았다.

이 책은 테마소설집《시티 픽션, 지금 어디에 살고 계십니까?》에 수록되었던 단편 〈봄날아빠를 아세요?〉에서 시작되었습니다. 〈봄날아빠를 아세요?〉를 처음 쓸 때는 전혀 계획에 없었던 일입니다. 그런데 편집자님과 소설에 대해 의견을 주고받고 원고 교정을 진행하는 과정에서 서영동에 호기심이 생겼습니다. 출간이 된 후에도 소설 속 인물들과 그 주변 사람들을 자주 상상했습니다. 사실은 서영동을 계속 생각했습니다. 그런 이야기들은 결국 소설이 되는 것 같습니다.

테마소설집 작업의 기회를 주시고, 연작소설집을 만들어주신 한겨레출판 정진항 본부장님과 한겨레출판 문학팀에게 감사드립니다. 덕분에 작고 단순했던 이야기가 확장되고 연결되고 의미를 찾아갈 수 있었습니다.

이 소설들을 쓰는 내내 무척 어렵고 괴롭고 부끄러웠습니다.

2022년 1월
조남주

서영동 이야기

© 조남주 2022

초판 1쇄 발행 2022년 1월 19일
초판 3쇄 발행 2022년 2월 28일

지은이 조남주
펴낸이 이상훈
편집인 김수영
본부장 정진항
문학팀 김다인 하상민
마케팅 김한성 조재성 박신영 조은별 김효진 임은비
경영지원 정혜진 엄세영

펴낸곳 (주)한겨레엔 www.hanibook.co.kr
등록 2006년 1월 4일 제313-2006-00003호
주소 서울시 마포구 창전로 70 (신수동) 화수목빌딩 5층
전화 02-6383-1602~3 **팩스** 02-6383-1610
대표메일 munhak@hanien.co.kr

ISBN 979-11-6040-756-3   03810